Hartwig Liedtke

Klinisch tot

Kriminalroman

grafit

Der Autor:

Dr. med. Hartwig Liedtke, Jahrgang 1952, studierte Psychologie und Medizin. Er arbeitet heute als Chirurg an einer Kölner Klinik. »Klinisch tot« ist sein Romandebut.

GrafiTäter & GrafiTote

Ard u.a.: **Der Mörder kommt auf Krankenschein**
Ard u.a.: **Good bye, Brunhilde**
Alberts/Ard/Junge/Schmitz u.a.: **Die Meute von Hörde**
Jürgen und Marita Alberts: **Gestrandet auf Patros**
Leo P. Ard/Michael Illner: **Flotter Dreier**
Leo P. Ard/Michael Illner: **Gemischtes Doppel**
Leo P. Ard/Reinhard Junge: **Der Witwenschüttler**
Leo P. Ard/Reinhard Junge: **Meine Niere, deine Niere**
Leo P. Ard/Reinhard Junge: **Die Waffen des Ekels**
Leo P. Ard/Reinhard Junge: **Das Ekel schlägt zurück**
Leo P. Ard/Reinhard Junge: **Das Ekel von Datteln**
Leo P. Ard/Reinhard Junge: **Bonner Roulette**
Dorothee Becker: **Der rankende Tod**
Jacques Berndorf: **Eifel-Filz**
Jacques Berndorf: **Eifel-Gold**
Jacques Berndorf: **Eifel-Blues**
Anatol Feid: **Tote schweigen besser**
Harald Irnberger: **Stimmbruch**
Harald Irnberger: **Richtfest**
Reinhard Junge: **Klassenfahrt**
Jürgen Kehrer: **Wilsberg und die Wiedertäufer**
Jürgen Kehrer: **Kein Fall für Wilsberg**
Jürgen Kehrer: **Killer nach Leipzig**
Jürgen Kehrer: **Gottesgemüse**
Jürgen Kehrer: **In alter Freundschaft**
Jürgen Kehrer: **Und die Toten läßt man ruhen**
Leenders/Bay/Leenders: **Jenseits von Uedem**
Leenders/Bay/Leenders: **Belsazars Ende**
Leenders/Bay/Leenders: **Königsschießen**
Hartwig Liedtke: **Tod auf Rezept**
Hartwig Liedtke: **Klinisch tot**
Reiner Nikula: **Laurins Garten**
Reiner Nikula: **Tödliches Schach**
Reiner Nikula: **Ein Stückchen Hirn**
Theo Pointner: **Scheinheilige Samariter**
Theo Pointner: **Tore, Punkte, Doppelmord**
Hans Scherfig: **Der tote Mann**
Hans Scherfig: **Der verschwundene Kanzleirat**
Hans Scherfig: **Der versäumte Frühling**
Niklaus Schmid: **Die Wettreise**
Werner Schmitz: **Mord in Echt**
Werner Schmitz: **Nahtlos braun**
Werner Schmitz: **Dienst nach Vorschuß**
Werner Schmitz: **Auf Teufel komm raus**
Gabriella Wollenhaupt: **Grappa dreht durch**
Gabriella Wollenhaupt: **Grappa macht Theater**
Gabriella Wollenhaupt: **Grappas Treibjagd**
Gabriella Wollenhaupt: **Grappas Versuchung**

grafit

Postfach 300 240 D-44232 Dortmund

Umschlaggestaltung: Christiane Wolf
Druck und Bindearbeiten: Fuldaer Verlagsanstalt
ISBN 3-89425-018-6
4. 5. 6. 96 95 94

1.

Dienstag 6.00 Uhr, ein regnerischer Junitag. Die Luft war noch unverbraucht und frisch. In wenigen Stunden würde sich wieder die typische Dunstglocke – ein Gemisch aus dem Gestank der chemischen Industrie und aus Autoabgasen – über die Stadt legen. Köln schlief noch.

Im fahlen Morgenlicht zeichneten sich die Konturen eines Zimmers ab, durch dessen weit geöffnetes Fenster das aufgeregte Schimpfen der Drosseln zu hören war, nur hin und wieder übertönt vom dröhnenden Lärm eines zu schnell vorbeifahrenden Autos. Daran schienen sich die beiden Menschen, die friedlich nebeneinander in einem überdimensionierten Doppelbett schliefen, gewöhnt zu haben.

Ein wuchtiger großer Spiegelschrank fehlte in dem Raum genauso wenig wie ein dicker Plüschsessel, dessen einzige Funktion seit Jahren darin bestand, abends den von der Arbeit völlig erschöpften Ehemann aufzufangen, bevor dieser die Entkleidungszeremonie mit dem Öffnen der Schuhe begann, aber zum Entsetzen der Gattin nicht mit der Unterhose, sondern dem Entfernen der Socken enden ließ. Kurzum, ein ganz gewöhnliches Paar in einem Schlafzimmer, wie man es zu Tausenden in dieser Stadt und sonstwo fand, vielleicht nur etwas schöner, ein wenig teurer.

»Face the Face!« schrie plötzlich und unvermittelt Pete Townshend in diese Idylle und machte den sanften Träumen des Sockenbesitzers den Garaus. Vorbei war die ohnehin nur kurze Nacht des durch die vielen Bereitschaftsdienste völlig übermüdeten Dr. Thomas Bremer. Ein Blick aus seinen verklebten Augen auf die digitale Zeitskala genügte: es war wieder soweit! Bei dem Gedanken, wieder von neuem in die tagtäglich wiederkehrende Mühle zu müssen, ließ er erschöpft sein müdes Haupt zurücksinken und fiel in einen tiefen Schlummer, aus dem selbst Herr Townshend und seine Combo ihn nicht mehr zu erwecken vermochten…

…wäre da nicht seine süße Frau Sybille gewesen, die unter

Bergen von Kissen vergraben lag und sich damit dem Radiolärm zu entziehen suchte.

»Liebling!« Sanft und zärtlich, nicht ohne gewissen ironischen Unterton, hauchte sie ihm diese kleine Aufmunterung zu. »Liebling!« Mit schon etwas festerer, aber immer noch durch Daunen gedämpfter Stimme. »Du mußt jetzt aufstehen!«

Keine Reaktion, jeden Morgen das gleiche Spiel. Frau Bremer ahnte, daß sie um ihren Schönheitsschlaf gebracht würde, sollte ihr Mann nicht bald das Weite suchen, und der Schlaf vor zwölf ist ja schließlich der gesündeste.

»Thomas!!!«

Selbst Pete Townshends Stimme war gegenüber diesem Organ ein Cremeschnittchen. Übrigens hatte Frau Bremer, um der Gefahr zu entgehen, womöglich nicht verstanden zu werden, vor ihrem letzten Wort nicht nur die Gänsefedern beiseite geschoben, sondern sich auch noch ganz nah zu dem Ohr ihres Schatzes gebeugt.

»Verdammt noch mal, ich bin doch nicht taub!« versuchte der, sich gegen diesen ersten Schlagabtausch des neuen Tages zu wehren.

Gereizt quälte er sich auf die Bettkante und blieb noch einen Moment schlaftrunken sitzen. Seiner konservativen Einstellung zum Trotz war das Haar durch die unruhige Nacht zu einer Punkfrisur gestylt.

»Mach bitte das Radio aus!« meldete sich Sybille Bremer noch einmal.

»Ja, ja, schon gut!« erwiderte er ärgerlich. »Du hast wohl panische Angst, du wirst zu munter?«

Seine letzten Worte erreichten sie schon nicht mehr, sie war wieder eingeschlafen.

Zu Beginn ihrer Ehe hatte sie natürlich auf der Matte gestanden, um ihrem Süßen das Frühstück zu zaubern, aber wozu jetzt noch? Um sich auch morgens schon anzubollern oder aber auszuschweigen? Die Bremersche Ehe kroch in den allerletzten Zügen, ein fades Gemisch aus Frust und Enttäuschung, dabei lag die Hochzeit noch gar nicht lange zurück. Jeden Morgen das gleiche Ritual: sie schlief weiter und pflegte ihr Äußeres, während er sich in seinem jämmerlichen Schicksal selbst bemitleidete.

Mit einem überlauten: »Wir telefonieren noch!« versuchte er, seine Frau ein allerletztes Mal am unverdienten Weiterschlaf zu hindern, aber vergeblich, ihr Kopf lag wieder unter Schalldämpfern aus Kissen vergraben.

Auf dem Weg zur dezent grünen Einbauküche stolperte Dr. Bremer wie fast jeden Morgen über die fette, aber dennoch immer hungrige Katze, deren schwarzes Fell sich nur schemenhaft in dem dunklen Wohnungsflur abzeichnete.

Er haßte diese ständig bettelnde Fußangel, aber immerhin war sie ein dankbares Streitobjekt im Dauerkrieg mit seiner Frau. Während sie bei sich und dem Tier auf eine schlanke Linie achtete, verfütterte er ihr zum Trotz hemmungslos Dose für Dose. Alle Einwände gegen diese, wie sie es nannte, Tierquälerei quittierte er mit dem Hinweis auf seinen heroischen Einsatz für die bedrohte Vogelwelt, schließlich würden vollgefressene Katzen keine Singvögel reißen.

Bremer absolvierte schläfrig die täglichen Handgriffe, bis er schließlich vor einer Tasse Kaffee und einer knochentrockenen Scheibe Brot saß, seine Frau hatte mal wieder das Einkaufen verschwitzt. Seine Gesichtsfarbe, sonst grau und fahl wie das Kölner Standardwetter, bekam einen leicht rötlichen Schimmer, als er im *Stadtanzeiger* die neuesten Börsennotierungen überflog, seine Optionsscheine hatten wieder zwölf Prozent an Wert eingebüßt. Seine spitze Nase konkurrierte mit seinem zu groß geratenen Adamsapfel, der mit jedem Schluck Kaffee auf- und abhüpfte. Die acht Nachtdienste im Monat, die ihm eine ausgefüllte Siebzigstundenwoche bescherten, hinterließen ihre Spuren. Und es bestand keinerlei Aussicht auf Veränderung. Er würde weiter an seiner Karriere basteln – so nennt man in Medizinerkreisen diesen rastlosen Fleiß – und sie an ihrer Schönheit, denn irgendjemand mußte das sauer verdiente Geld ja unter die Leute bringen.

Mißmutig räumte er die am Rand eingetrocknete Salami zurück in den Kühlschrank, um sie dem Zugriff der Katze zu entziehen. Die Milch ließ er stehen, bestand doch die Möglichkeit, daß sie bis zum Frühstück der Ehefrau sauer geworden sein könnte.

Schauplatz der letzten Etappe seiner morgendlichen Verrichtungen war das Badezimmer, schließlich putzte er sich die Zähne grundsätzlich nach dem Frühstück. Der im Sternzeichen der Jungfrau geborene Arzt dachte halt pragmatisch. Ein abschließender Blick in den Spiegel ließ ihn fast verzweifeln, denn der Alterungsprozeß nahm in diesem Beruf mit extremer Geschwindigkeit seinen Lauf. Als ob er mit Parfum das Aussehen würde beeinflussen können, suchte er krampfhaft sein einziges Rasierwasser im Flaschenwald von exotischen Duftnoten seiner Frau, wie so oft vergeblich. Überhaupt trug das gesamte Badezimmer die Handschrift Frau Bremers und ließ Spuren ihres Mitbewohners vermissen, vom Rasierzeug einmal abgesehen. Sie pflegte mit Akribie ihre Schönheit und das nicht ohne einen gewissen Erfolg. Und was blieb ihm? Die tägliche Arbeit und – eine hübsche Frau, mit der er sich aber nicht allzu häufig schmücken konnte, denn die gemeinsamen Auftritte in der Öffentlichkeit waren selten geworden.

Dieser Tag versprach nichts Gutes.

Draußen auf der Straße bemühte sich die Natur redlich, seine miese Stimmung zu heben. Die Vögel zwitscherten seiner gedrückten Stimmung zum Trotz und die Sonne schien sich dazu durchzuringen, Köln mit einem Lächeln zu beglücken. Es gab kaum Verkehr auf der Straße, als Bremer Ausschau nach seinem ganzen Stolz hielt, dem schwachen Trost für seine viele Arbeit, einem nagelneuen Mercedes 190 E, cremefarben mit Schiebedach. Jeden Morgen beschlich ihn die gleiche ängstliche Unruhe, seinem prachtvollen Wagen wäre über Nacht ein Leid widerfahren. Schließlich hatte ihm vor vierzehn Tagen so ein, wie er sagte, Anarchoschwein den Lack an der Fahrertür und am linken Kotflügel zerkratzt.

Zu allem Unglück waren vorgestern noch zwei zerstochene Reifen dazugekommen, was ihn fast wieder zu einem Befürworter der Todesstrafe hätte werden lassen. Die Welt war voller Neider! Heute schien jedoch seinem Prunkstück nichts passiert zu sein. Er drehte eine Ehrenrunde um sein Automobil, das Beispiel zuverlässiger Technik, ohne sich um die fragenden Blicke einer älteren Dame zu scheren, die diesen Vorgang von weitem beobachtete und keinerlei Verständnis für ein solches Ritual zeigte und sich stattdessen wieder dem Dialog mit ihrem pinkelnden Mops widmete.

Mochte Bremers äußere Erscheinung auch nicht gerade der eines jungen dynamischen Arztes entsprechen – ein offen getragener Trenchcoat in der Farbe seines Wagens gab eben nicht allzuviel her – , so versuchte er doch, durch seine schnittige Fahrweise einige Mankos auszugleichen: Schlüssel ins Zündschloß, eine leichte Drehbewegung mit der rechten Hand und schon gehorchte ihm der kraftvolle Motor. Hier war er wer! Vergessen war das traurige Bild des von seiner Frau so häufig verhöhnten Gatten.

Der Volksgarten flog vorbei, in Nullkommanichts hatte Dr. Bremer die Nord-Süd-Fahrt erreicht und bahnte sich einen Weg durch die träge geordnete Blechmasse. Seiner Rasanz wurde jedoch vor dem Abbiegen auf die Zoobrücke Einhalt geboten durch Kölns dichten Verkehr zu dieser Zeit. Aber einen Dr. Bremer vermochte man nicht lange aufzuhalten, denn schon lag die Stadtautobahn vor ihm, seine Spezialstrecke. Allen Geschwindigkeitsbegrenzungen zum Trotz drehte er voll auf.

Er hatte gerade das Zentralgebäude von Klöckner-Humboldt-Deutz auf der rechten Seite passiert, als eine zunehmende Vibration seinen Wagen erfaßte.

An diesem Morgen kamen Tausende von Arbeitnehmern zu spät zum Dienst.

2.

»Gestern früh um 7.15 Uhr ereignete sich ein schwerer Autounfall auf der Zoobrücke stadtauswärts. Vermutlich verlor der Fahrer des Mercedes wegen überhöhter Geschwindigkeit die Gewalt über sein Fahrzeug, das zuerst an die Leitplanke der linken Fahrspur prallte, bevor es sich mehrmals überschlug und schließlich auf der Gegenfahrbahn liegenblieb. Wegen des Unfalles, in den sechs weitere Fahrzeuge verwickelt wurden, mußte die Stadtautobahn für eine Stunde gesperrt werden«, las Schmalenberg halblaut murmelnd aus dem *Express* vor. Sein Kopf wurde erst hinter der Zeitung sichtbar, als er begann, genüßlich das Papier zusammenzuknautschen.

»He, he, he!« protestierte die Frau aus der anderen Ecke des Raumes, die gerade damit beschäftigt war, die etwas überalterte Kaffeemaschine für einen weiteren Durchgang neu zu rüsten. »Kann ich dein Käseblatt vielleicht auch mal lesen, bevor es in den Müll wandert?!«

Schmalenberg hielt inne und begann, die Zeitung wieder glattzustreichen. »Ach nee? Und woher auf einmal dein Interesse für das Schöngeistige? Ich dachte, der *Express* sei dir viel zu proletenhaft?«

»Kein Gesinnungswandel, Hans! Deine Klopostille rühr ich auch in Zukunft nur in Notfällen an. Schatz, du weißt, ich bin stur!«

»Ja und? Was willst du dann mit meiner Zeitung? Etwa mich zum Recyclen zwingen?«

Ulrike Bohlmann goß die Wassermenge für 10 Tassen Kaffee in den Behälter, als sie den Kopf zu ihrem Arbeitskollegen wandte und süß zu lächeln begann: »Mich interessiert nur unser neuer Fall!«

»Was soll das heißen, unser neuer Fall?« wunderte sich Schmalenberg und kopierte ihren ironischen Unterton.

»Du hast soeben und ganz zufällig unseren neuen Auftrag vorgelesen!«

»Meinst du etwa den Bericht über diesen Unfall? Ich dachte, du hättest gar nicht zugehört.«

»Der neue dramatische Fall«, spöttelte Ulrike Bohlmann, die sich nun vor der gluckernden und zischenden Kaffeemaschine in Sicherheit brachte, »wo du doch so fest mit einem Einsatz à la Schimanski gerechnet hast; hier eine Reise nach Südfrankreich, dort eine kleine Schießerei.«

»Hör bitte auf zu stänkern! Ich bin noch vom letzten Tag bedient«, erwiderte Schmalenberg ärgerlich und suchte in seiner leeren Camel-Schachtel vergeblich nach einer letzten Zigarette. Auch an diesem Morgen blieb dem nikotinsüchtigen Hauptkommissar der Weg zum Automaten nicht erspart.

»Hier wird der routinierteste Kopf der Kölner Kripo gefordert«, frotzelte sie weiter, »was mußtest du auch gestern so großspurig tönen, unser nächster Fall werde filmreif.«

Da Schmalenberg ziemlich sauer über die Entwicklung der vergangenen Wochen war – schließlich gab es außer der lästigen Routine keine spektakulären Einsätze – warf er die zerknüllte Zigarettenschachtel gleich neben den Papierkorb, sie hätte ohnehin keinen Platz mehr in ihm gefunden.

»Na ja, schon gut. Die Klärung einer Unfallursache kann manchmal auch ganz interessant sein«, versuchte er die Flucht nach vorn und kramte wie jeden Morgen in seinem Geldbeutel nach Kleingeld für Zigaretten, die Befriedigung seiner Sucht war erst einmal vordringlich. »Mist, ähm...hat vielleicht jemand...«

»...ein Markstück«, ergänzte der Dritte im Zimmer des 1. Kommissariats der Kölner Kripo den Satz. Es war der sogenannte KKB, der Kriminalkommissarbewerber Söns, der der Rangfolge gemäß hinter dem kleinsten Schreibtisch seine Arbeit verrichtete.

»Ja und? Haben Sie nun ein Markstück oder was?« fragte Schmalenberg ungeduldig und massierte seine schon leicht ergrauten Schläfen.

»Aber sicher doch, Herr Schmalenberg, dürfen es vielleicht auch zwei sein?« antwortete Söns mit der gelassenen Ruhe eines Nichtrauchers. »Langsam kenne ich doch die Schwächen meines Vorgesetzten. Hier!« Und schon flog mit einem Poltern ein Theodor Heuss auf Schmalenbergs Schreibtisch.

»Und das Endergebnis war ein entsetzlicher Katharr!« Söns konnte es sich als alter Zitate-Spezialist auch diesmal nicht nehmen lassen, seinen Senf zu Schmalenbergs Rauchgewohnheiten zu geben.

Als Schmalenberg mit einer Zigarette im Mund sichtlich erleichtert wieder das recht spartanisch eingerichtete Büro betrat, studierte Ulrike Bohlmann bereits die neue Akte mit der Aufschrift *Dr. Thomas Bremer.*

»Keine besonders spannende Aufgabe, die unnatürliche Todesursache dieses gewissen Dr. Bremer zu klären«, stöhnte Schmalenberg resigniert. Da die beiden Kommissare an diesem Morgen das einzig freie verfügbare Team waren, blieb das Schriftstück an ihnen hängen.

Schmalenberg nahm wieder hinter seinem unaufgeräumten Schreibtisch Platz, dessen Arbeitsplatte mit etlichen Brandflekken und flüchtig hingekritzelten Notizen schon die Züge einer neuen Kunstepoche trug, als Bohlmann nachdenklich den Kopf schüttelte.

»Ein bißchen merkwürdig ist das Ganze schon…«, begann sie zögernd. »Der Wagen von unserem Doktorchen hat nämlich während der Fahrt ein Rad verloren… Sehr seltsam!«

»Es ist ja wohl nicht der letzte Mediziner gewesen, der ein Rad ab hat!« kommentierte Schmalenberg den Versuch seiner Kollegin, der neuen Aufgabe etwas Interesse entgegenzubringen.

»Sie und Ihre Allgemeinplätze!« meldete sich Neuling Söns mit geschwollenem Unterton von seinem ebenso häßlichen, dafür aber aufgeräumten Schreibtisch zu Wort. »Sie können wohl nie eine Aussage ohne undifferenzierte Rundumschläge tätigen!«

Erdrückendes Schweigen. Diesmal war er zu weit gegangen.

»Herr Söns«, Schmalenbergs Stimme klang laut und bedrohlich, »nur weil Sie hier mit Vitamin B reingerutscht sind, müssen Sie noch lange keine großen Töne spucken. Halten Sie sich gefälligst bedeckt, sonst wird sich bald Ihr lieber Herr Papa um eine neue Stelle für Sie umsehen müssen!«

Schmalenberg war sauer; der neue Fall trug nicht gerade zur

guten Laune bei. Nach dieser Abfuhr war von Söns hinter seinem Schreibtisch kaum noch etwas zu sehen; leider fehlte der Schublade das nötige Fassungsvermögen, sonst hätte er sich darin wohl verkrochen.

»Ulrike, liest du bitte mal den Obduktionsbericht der Rechtsmedizin vor?«

»Leichenschau zur Klärung der unnatürlichen Todesursache des Dr. Bremer, wohnhaft usw. usw. Der Verunfallte ist ein fünfunddreißigjähriger Mann, dessen Krankengeschichte keine pathologischen Besonderheiten aufweist«, begann Frau Bohlmann langatmig.

»Einen Moment mal«, unterbrach Schmalenberg, der kein Freund von langen Berichten war, »den Befund kannst du dir vielleicht schenken. Gibt es nicht eine Zusammenfassung?«

Söns hätte leidenschaftlich gern einen kleinen Kommentar dazu abgegeben, blieb aber sicherheitshalber in seiner Schublade.

Bohlmann überflog murmelnd den Bericht, bis sie schließlich fündig wurde: »... kommen wir zu dem Schluß, daß der Obengenannte keinerlei körperliche oder geistige Schäden zeigte, die als Unfallursache mittel- oder unmittelbar in Betracht zu ziehen wären. Alle beschriebenen äußeren oder inneren Verletzungszeichen sind auschließlich Folge des Verkehrsunfalles.«

Bohlmann schob ihre leicht verrutschte Neuerwerbung auf der Nase zurecht, weniger um besser sehen zu können, als vielmehr den peppig blauen Rahmen ihrer Brille zu betonen.

»Hans, interessiert dich auch das Sachverständigengutachten des Daimler-Schrotthaufens?«

Hauptkommissar Schmalenberg nickte gequält und kritzelte einige Notizen auf seine Schreibtischplatte, um nicht vom Einschlafen überrascht zu werden. »Schieß los«, äußerte er resigniert, »wir müssen ja eh an diese Sache ran.«

»Ich muß doch sehr bitten, Hans«, polterte Bohlmann ihren Kollegen an, »wenn du die ganze Sache schon jetzt so schlapp angehst, dann sitzen wir noch Tage dran! Denk doch an unseren nächsten Auftrag und die Schießerei in Südfrankreich!«

»Ok, in Ordnung, Ulrike. Ich werde mich bemühen! Dann hör aber auch bitte auf, unsere neue, kostbare Akte mit Kaffee zu bekleckern und zu dekorieren.«

Ulrike hatte kurz zuvor geschlabbert, das schwarze Gebräu war offenbar zu heiß.

»Also zum Gutachten über die Mercedes-Reste: alles läuft darauf hinaus, daß die Radmuttern der rechten Vorderachse entweder nicht sachgerecht angezogen oder absichtlich – jetzt kommts – absichtlich gelöst worden sind!«

»Was des einen Tod, ist des anderen Brot«, schöpfte Söns wieder aus dem reichen Fundus seiner Zitatenkiste. Er war wieder aus seiner Schublade gekrochen.

»Meinen Sie damit uns oder die Herren aus der rechtsmedizinischen Abteilung vom Melatengürtel, Herr Söns?« fragte Schmalenberg und, ohne eine Antwort abzuwarten, zu seiner Kollegin gewandt: »Womit könnten wir bei unseren Ermittlungen beginnen?« Eine nackte Zwanzigjährige auf der letzten Seite des *Express* fing für Sekunden seinen Blick.

»Ich glaube, die erste Anlaufstelle in unserem Fall wird erst einmal die Ehefrau von diesem Dr. Bremer sein. Die zweite Sache, der wir unbedingt nachgehen müssen, ist sicherlich die Autowerkstatt, in der zuletzt der Wagen gewartet worden ist. Wenn wir zum Schluß noch ganz viel Lust und Laune haben sollten, schauen wir uns die Arbeitsstelle des verblichenen Doktors an.«

Die Bürotür wurde plötzlich aufgerissen. Ohne anzuklopfen, platzte der Chef herein.

»Herr Söns«, raunzte er den verschreckt dasitzenden KKB an, »würden Sie bitte diese Unterlagen bearbeiten!« Er warf ihm eine rote Akte auf dessen Schreibtisch. »Es handelt sich dabei um den Tod eines Alkoholikers ohne festen Wohnsitz. Entscheidend ist die Klärung der Identität des Toten. Der Mann ist übrigens eines gewaltsamen Todes gestorben.«

»Aber für die Identifizierung eines unbekannten Toten ist doch das zweite Kommissariat zuständig!« protestierte Söns und begann verzweifelt zu blättern.

Der Dienststellenleiter ignorierte den Einwand: »Sehen Sie

mal, wie weit Sie kommen. Wenn Sie diese Aufgabe überfordern sollte, dann suche ich mir halt einen anderen.«

»Nein, nein, im Gegenteil! Ich werde mich gern mit dieser Sache beschäftigen«, log Söns so offensichtlich, daß sein Desinteresse kaum verborgen bleiben konnte. Er wußte nur zu gut, daß die Klärung von unbekannten Identitäten mit unsäglicher Lauferei verbunden war.

Mit einem Kopfschütteln registrierte der dickliche Dienststellenleiter die unaufgeräumten Schreibtische von Bohlmann und Schmalenberg und bemerkte diabolisch grinsend: »Meine lieben Kollegen werden sich hoffentlich daran erinnern, daß heute die Maler kommen werden?« Schon fiel die Tür krachend ins Schloß.

Schweigen. Mit dem prüfenden Blick einer erfolgreichen Kommissarin klebten Bohlmanns Augen an den vergilbten Wänden, die nur hier und da ein überalterter Kalender und ein vergammeltes Poster zierten, natürlich durfte ein Fahndungsplakat mit den Konterfeis der populärsten Terroristen nicht fehlen. Im Gegensatz zu Hans hatte Ulrike alle Hebel für die dringend notwendige Renovierung in Bewegung gesetzt, jetzt aber den Termin völlig vergessen.

Was sollte dieser Tag noch bringen! Schmalenberg musterte den neuen Kripo-Anwärter Söns, der mit Popperfrisur, gestärktem Hemd, Lederkrawatte und blauem Pullover hinter einer Uraltschreibmaschine saß. »Na, dann kramen Sie mal zu Hause in Ihrer Klamottenkiste«, lästerte Hans, »und suchen Sie sich einen schmuddeligen Pullover raus, damit Sie in der Annostraße bei Ihren Recherchen nicht so auffallen.« Diese Straße ist in Köln der einschlägige Treff für Tippelbrüder und Alkoholiker.

»Da macht wieder jemand einen dummen Streich! Zitat von Goethe«, konterte Söns, stolz auf seine humanistische Bildung.

»Wenn dich die bösen Buben locken, so folge nicht. Steht bei Salomo!« bemerkte Schmalenberg, der Söns schon lange für völlig unfähig hielt, Kontakte zu Obdachlosen und Alkis zu knüpfen, geschweige denn deren Sprache zu sprechen.

Stefan Söns war nach einem unglücklichen Ausflug in das Dickicht der Betriebswirtschafts-Leere als Vierundzwanzigjähriger zur Polizei gekommen und durfte sich jetzt Polizeimeister nennen. Ohne den typischen Kölner Klüngel, sprich seinen einflußreichen Vater, wäre er nie so schnell in den gehobenen Dienst gekommen und, so Schmalenbergs feste Überzeugung, nie zum Kriminalkommissarbewerber aufgestiegen. Seine konservative politische Gesinnung trug ein Übriges zu der Aversion bei, die zu verbergen Schmalenberg nicht das geringste Interesse hatte. Man kann sich halt seine Mitarbeiter nicht aussuchen, dachte der Hauptkommissar und lächelte spöttisch bei der Vorstellung, wie Söns geschniegelt und gestriegelt den Obdachlosen und Pennern seine Aufwartung machen würde.

Söns ergriff frustriert seine Unterlagen und ließ sie in seinem Lederkoffer verschwinden, der ähnlich steif und eckig erschien wie das Verhalten gegenüber seinen beiden Mitarbeitern.

»Haben Sie etwa Angst, Ihnen könnte jemand Ihre langweilige Akte klauen?« fragte Schmalenberg den herausgehenden Söns boshaft, auf die Zahlenschlösser des Aktenkoffers anspielend. Krawumm! Ein zweites Mal fiel heute morgen die Tür krachend ins Schloß, es war nur noch eine Frage der Zeit, bis der Putz der fünfziger Jahre die ersten Risse zeigte.

»Den sind wir erst einmal für ein paar Tage los!« triumphierte Schmalenberg. Er lehnte sich genüßlich in seinem knarrenden Stuhl zurück.

»Mir ist der Söns auch nicht besonders sympathisch, Hans, aber trotzdem brauchst du dich ja nicht so erbarmungslos auf ihn einzuschießen! Der arme Junge tut mir langsam leid!«

»Ulrike Nightingale!«

»Jetzt hör mal auf!« versuchte Bohlmann die Atmosphäre zu entkrampfen, »auch wenn er vielleicht über Beziehungen hier reingerutscht sein sollte, kannst du ihm ja wenigstens eine Chance geben!«

»Der kann mich mal! Was habe ich mit so einem Luschi zu tun!«

»Du kannst es ja versuchen!«

»Ich denke nicht daran!«

»Na, dann können die nächsten drei Monate ja heiter werden!«

Schmalenberg blieb kompromißlos. »Wenigstens trennen sich jetzt beruflich unsere Wege, und wir haben nicht dauernd diesen Klotz am Bein. Diese Klette kann man nur abhängen, wenn man aufs Klo geht...«

Er zündete sich eine Zigarette an, dessen Rauch bis in den letzten Lungenflügel gesogen wurde. »Weißt du, Ulrike, wer von dem Tod des Arztes am meisten profitieren wird? Seine Ehefrau!«

»Und wie kommt mein Schatz zu dieser Vermutung?«

»Fast alle Ärzte sind über eine sogenannte Ärzteversorgung abgesichert. Für die zahlen sie zwar monatlich über tausend Mark, aber dafür gibts dann bei einer völligen Berufsunfähigkeit oder im Todesfalle schon nach drei Monaten Mitgliedschaft die volle Rente.«

»Das ist ja interessant, und woher hast du dein Wissen?«

Mit etwas Spucke versuchte Schmalenberg, an seinem Gekritzel auf der Schreibtischplatte einige Korrekturen vorzunehmen. »Ein befreundeter Arzt hat mir das erzählt. Der meint immer, wenn er nicht lieb und brav wäre, würde ihn seine Frau gegen die Rente eintauschen!«

»Armes Hascherl, was mußte der auch heiraten!« grinste Bohlmann ohne Mitleid, »aber dazu kommt noch zusätzlich der Berufsunfall! Dr. Bremer ist ja auf dem Weg zur Arbeit tödlich verunglückt.«

»Ja und?« hakte Schmalenberg nach.

»Was – ja und! Das bedeutet für die Witwe ein gehöriges Sümmchen an Rente durch die Berufsgenossenschaft extra!«

»Damit hätte Frau Bremer ausgesorgt!«

»Worauf du einen lassen kannst.«

»Dann frage ich mich aber, weshalb nicht reihenweise verheiratete Ärzte im Urlaub von den Klippen gestoßen werden. Mir kann doch keiner erzählen, daß die Beziehungen immer so harmonisch laufen.«

»So ein kleiner Mord würde sich schon lohnen«, geriet Ulrike Bohlmann ins Schwärmen.

»Meinst du, Ulrike, wir sollten so taktlos sein und der trauernden Witwe einen Besuch abstatten? Wir können ja auf dem

Weg dorthin noch irgendwo eine Wurst essen, ich schmeiße eine Runde!«

Wenn auch Hauptkommissar Schmalenberg mit seiner konservativen ostwestfälischen Vergangenheit gebrochen hatte, so blieb sein Verlangen nach Bratwürstchen doch eine aus alten Tagen gerettete Leidenschaft.

3.

Schmalenberg versuchte, in dem völlig überfüllten Aschenbecher des Dienstwagens noch ein freies Fleckchen zu finden, um seinen Zigarettenstummel auszudrücken. Sein vierundsechzigster Versuch, das Rauchen aufzugeben, war in der vergangenen Woche gescheitert.

»Hier am Volksgarten wohnt man eigentlich gar nicht schlecht«, lenkte er tiefschürfend ab, als er bemerkte, daß Ulrike Bohlmann auf seine gelben Nikotinpfoten starrte, »grün und zentral heißt die Devise.«

Während er den Dienstwagen zum Leidwesen der nachfolgenden Fahrzeuge langsam die Volksgartenstraße entlangrollen ließ, zauberte Ulrike nach längerer Suche aus ihrer brüllroten Handtasche einen Lippenstift. Sie hatte diesen Müllbeutel schon etliche Male aufräumen wollen, das hätte aber die Trennung von ihr so wichtigen Gegenständen bedeutet wie der Einladung zu einem Fest aus dem vergangenen Jahr, den völlig zerfledderten Tampons, deren Benutzung mittlerweile zu einem Gesundheitsrisiko geworden wäre, den Hosenträgern ihrer Nichte und und und. Sie gab ihren Lippen den Farbton ihrer Handtasche, zog noch einmal den blau-metallicfarbenen Lidstrich nach und fuhr sich abschließend mit ihren schlanken Fingern durch das kurzgeschorene Haar, ohne daß sich dadurch die Frisur auch nur minimal geändert hätte.

Schmalenberg war fasziniert von der kunstvollen Maske seiner Kollegin und vergaß völlig, auf das Haus der Bremers auf der gegenüberliegenden Straßenseite zu achten. Merkwürdig, dachte er, immer wenn wir eine Frau vernehmen wollen, dauert diese Prozedur besonders lange. Tja, die Konkurrenz schläft nicht!

»Was glotzt du so?« fragte Ulrike, die seine ketzerischen Gedanken witterte, schließlich kannten sich beide schon recht lange.

»Ooch, nichts!« log Schmalenberg und wandte sich wieder den Hausnummern auf der anderen Seite zu. »Ich denke nur an die trauernde Witwe und ihr schönes Zuhause.«

Da Ulrike den Rückspiegel des Dienstwagens zweckentfremdend verdreht hatte, entging Schmalenberg das Auto hinter ihm, dessen Fahrer sich nicht anders bemerkbar zu machen wußte als wild zu gestikulieren. Seine Wagenhupe streikte. Und was ist schon ein »Fahrzeugführer« im Stadtverkehr ohne Hupe?

...ein Marktschreier ohne Schrei, ein Politiker bei einer verregneten Wahlveranstaltung, eine Politesse mit leerem Kugelschreiber.

Amüsiert blickte ein Passant den beiden dicht hintereinander und langsam fahrenden Autos nach, nachdem er festgestellt hatte, daß hier gar nicht abgeschleppt wurde, wie er zuerst vermutet hatte.

»Da drüben ist die Hausnummer vierundsechzig, der rote Altbau!«

Bohlmann deutete mit ihrem Zeigefinger auf ein Haus aus dem neunzehnten Jahrhundert, dessen Thermopenfenster sich unauffällig in die alte Sandsteinarchitektur einfügten.

Schmalenberg steuerte seinen blauen Ford an die rechte Straßenseite und machte dem hinter ihm fahrenden PKW endlich Platz, der auch prompt die neu gewonnene Freiheit mit Vollgas begrüßte.

»Der fährt aber merkwürdig!« wunderte sich Schmalenberg.

Bohlmann öffnete die schwere Eichentür und trat in den Flur des prachtvollen Altbaus. »Aber hallo!« staunte sie und schaute sich um. »Das ist aber fein!« In dieser Halle hatte man an nichts gespart: vorwitzig geschnörkelte Stuckdecken, in deren Ecken kleine feiste Barockengel mit angestaubten Backen lächelten, mit Marmor verkleidete Wände und auf der rechten Seite sogar ein putziger Brunnen, dessen munteres Plätschern Schmalenberg an seine volle Blase erinnerte.

»Hier hat die Firma Neureich eine Filiale!«

Dumpf dröhnte Willi Schneiders Stimme mit seinen Schunkelliedern durch eine mit zwei Schlössern übertrieben gesicherte Wohnungstür im ersten Stock: *»Wenn das Wasser im Rhein goldener Wein wär, ja dann möchte ich so gern...«* Bohlmann schüttelte bei diesen Klängen angewidert den Kopf. Nach dem schweren Chemieunglück in Basel, das den Rhein zu einem toten Fluß gemacht hatte, hielt sie dieses Lied für blanken Sarkasmus.

»Ich hab den toten Vater Rhein in seinem Bett gesehn«, begann nun auch Schmalenberg, in einem ähnlichen Tonfall wie dieses alte Sängerfossil gegen die Tür in der ersten Etage anzusingen.

»Hans, hör bitte auf!« wurde Ulrike böse, ihre Augen leuchteten, die Ader an ihrer Schläfe pulsierte bedrohlich, »das Ganze ist verdammt zu traurig, als daß du darüber blöde Witze machen solltest!« Ulrike verstand in diesem Punkt keinen Spaß.

Die Wohnungstür der Bremers in der zweiten Etage zierte ein überdimensionaler Löwenkopf aus Messing mit einem Ring im Maul. Schmalenberg hob den schweren Metallring und ließ ihn gegen die Verschläge scheppern. Die Eichentür wurde von innen geöffnet. Vor den beiden Kripobeamten stand mit hochhackigen Schuhen, modisch schwarzen Hosen und einem eleganten Angorapullover mit V-Ausschnitt die trauernde Witwe.

»Frau Bremer?« fragte Bohlmann ungläubig diese locker auftretende Schönheit.

»Ja bitte, Sie wünschen?«

»Wir sind von der Kriminalpolizei«, Hans färbte seine Tonlage dunkel ein, »bitte verzeihen Sie die Störung, aber wir möchten Ihnen zunächst einmal unser aufrichtigstes Beileid bekunden.« Schmalenberg hatte bei dieser Ouvertüre immer seine Probleme, da er schlecht lügen konnte.

»Und das soll ich Ihnen abnehmen?« fragten die dezent geschminkten Lippen ungläubig, offenbar hatte Frau Bremer den Pharisäer in Schmalenberg erkannt.

Sicherlich war er keine schauspielerische Leuchte, aber mit einer so entwaffnenden Offenheit hatte er nicht gerechnet. Sanft schob sich Ulrike an ihm vorbei und half ihm damit aus der Klemme: »Bitte entschuldigen Sie nochmals unsere Störung so kurz nach dem Tode Ihres Mannes, aber Sie können sich ja denken, daß dieser Unfall einige Fragen aufwirft.«

»Bitte, kommen Sie näher«, antwortete Frau Bremer und

trat einen Schritt zur Seite, um die beiden Kripobeamten hereinzulassen, der Flur wurde dadurch nicht gerade breiter.

Leicht unbeholfen versuchte Schmalenberg eine Berührung mit dem ausladenden Pullover der Gastgeberin zu vermeiden, übersah aber dadurch die hungrige fette Hauskatze und wäre fast der Länge nach in den schummrigen Hausflur gefallen, wenn er sich nicht noch rechtzeitig an dem Trenchcoat des Verstorbenen hätte festhalten können.

Zum Glück für Schmalenbergs Haftpflichtversicherung gab nur der Aufhänger des Mantels nach und nicht gleich die ganze Garderobe. Das war das erste Mal, daß er Frau Bremer so bezaubernd lächeln sah.

Die Wohnung war ein Traum. Ausladende große Räume mit Parkettboden, die hohen Zimmerdecken waren wie schon die Eingangshalle mit Stuck verziert und alles erstrahlte in hellem Weiß. Die wenigen, ausgesucht pfiffigen Möbel fügten sich wie Kunstobjekte einer Galerie in diese Hallen stimmig ein.

»Wohnen Sie hier zur Miete, oder gehört die Wohnung Ihnen?« fragte Bohlmann völlig fasziniert. Mißtrauisch suchte sie nach innenarchitektonischen Fehlgriffen, wie gern hätte sie heimlich die Gastgeberin neureicher Geschmacklosigkeit überführt. Vergeblich, alles paßte hier harmonisch zusammen.

»Diese Wohnung gehört uns,… ähm, ich meine«, stotterte Frau Bremer, der wieder einmal ihre veränderte Situation bewußt wurde, »aber bitte nehmen Sie doch Platz!« Eine Träne nahm etwas Lidschatten mit auf ihre kurze Reise über die zart gepuderte Wange.

Bohlmann versank in dem weichen Ledersofa, das unter dem überdimensionalen Bild eines Künstlers der Neuen Wilden stand, quasi dem röhrenden Hirsch einer modernen deutschen Wohnstube.

»Wir bitten nochmals um Entschuldigung«, begann Ulrike höflich.

»Schon gut, schon gut! Sie brauchen sich deswegen keine Gedanken zu machen«, schniefte Frau Bremer weinend ins Taschentuch, »ich habe mit Ihrem Besuch gerechnet!«

Schmalenberg hatte sich wortlos in den Sessel fallen lassen, der der reich gefüllten Konfektschale am nächsten stand.

»Wieso, wenn ich fragen darf?« begann Ulrike neugierig.

»Ich kenne das vom Beruf meines Mannes, daß grundsätzlich jede unnatürliche Todesursache von der Polizei geklärt werden muß. – Aber bitte, Herr Kommissar, greifen Sie ruhig zu.«

Offenbar war Frau Bremer der schmachtende Blick Schmalenbergs nicht entgangen, der nur auf ein Startzeichen wartete.

»Sie haben völlig recht, Frau Bremer, denn dieser Fall wirft wirklich einige Fragen auf«, wurde Ulrike sachlich, »warum sollte sich ausgerechnet von einem so zuverlässigen Wagen ein Rad lösen?«

»Genau aus diesem Grund hätte ich mich mit Ihnen in Verbindung gesetzt, wenn Sie nicht heute gekommen wären«, antwortete die Witwe nicht weniger bestimmt. »Für diesen schrecklichen Unfall kann nur die Werkstatt verantwortlich sein, in der unser Auto erst vorgestern zur Reparatur war!«

Hans speichelte gerade eine weitere Praline ein, als sein Blick auf ihren abgebrochenen rotlackierten Zeigefingernagel fiel. Wahrscheinlich telefoniert sie gern, dachte er.

»Wieso geben Sie der Autowerkstatt die Schuld?« erkundigte sich Ulrike.

»Dort wurden die beiden Vorderräder erneuert. Sie müssen nämlich wissen, daß man am Wagen meines Mannes zwei Reifen zerstochen hat!«

»Haben Sie das der Polizei gemeldet?«

»Wozu? Sie glauben doch wohl kaum, daß man solcher Strolche habhaft werden könnte, oder? Sicherlich waren das wieder arbeitslose Jugendliche oder Punker!« Frau Bremer zuckte dabei verächtlich mit ihrer Schulter.

»Schmeißfliegen!« kommentierte Hans mit vollen Mund undeutlich.

»Ja genau!« stimmte die Witwe ganz spontan zu, endlich sprach ihr jemand aus der Seele. Erst an seinem Lächeln erkannte sie, daß er mit diesem Strauß-Zitat nur ihre konservative Gesinnung hervorzaubern wollte.

»Könnten Sie uns bitte den Namen der Autowerkstatt nennen, Frau Bremer?«

»Aber sicher doch! Das ist die Firma Schmitz in Klettenberg, so ein kleiner Saftladen in einem Hinterhof!«

»Keine Fachwerkstatt?«

»Im Gegenteil! Eine unseriöse Klitsche!« Frau Bremer war sichtlich erregt, Ulrike hatte mit dieser Frage wohl einen ewigen Streitpunkt des Ehepaares berührt. »Aber Thomas, das heißt mein Mann, wollte ja unbedingt Geld sparen! Wie immer am falschen Fleck.«

»Lappöhrsche!« unterbrach Hans wieder mit einem Schokoladentrüffel im Mund. Prompt trafen ihn die strafenden Blicke der beiden Frauen. Sybille Bremer hatte Angst um ihr teures Konfekt, und Ulrike war verärgert, weil ihr Kollege sie das Gespräch allein bestreiten ließ. Sie hätte Hans vierteilen können.

»Bitte, was sagten Sie, Herr Schmalenberg?« fragte Frau Bremer noch einmal nach.

»Lappöhrsche.« Hans mußte erst herunterschlucken, »ich meine, wenn schwarz und ohne Quittung gearbeitet wird, nennt man das in Köln Lappöhrsche!«

»Wie lange waren Sie und Ihr Mann schon miteinander verheiratet?« Bohlmann überging mit dieser Frage kommentarlos Schmalenbergs Einwand.

»Seit fast vier Jahren.« Die Witwe blickte verträumt aus dem Fenster und wurde melancholisch, die rechte Trauer schien aber nicht aufzukommen.

»Und wie war Ihr Verhältnis zueinander?«

»Wir waren halt verheiratet, und wie in jeder Ehe gab es auch bei uns einige Konflikte. Aber was hat das mit dem Tod meines Mannes zu tun?«

»Hatte Ihr Mann irgendwelche Feinde?«

Frau Bremer war aufgestanden und ergriff eine unförmige schwarze Skulptur von der Fensterbank, um damit die Blumen zu gießen, offensichtlich eine überflüssige Handlung, denn die Blumenerde war bereits naß. Hühner würden in solchen Momenten wohl picken. Bohlmanns Fragen hatten sie irritiert.

»Wie kommen Sie denn darauf?« Sie unterlegte ihre Stimme mit betonter Gleichgültigkeit. »Mein Mann war ein anerkannter Mediziner! Fragen Sie doch meinen Vater; er hat immer viel von Thomas gehalten!«

»Was hat Ihr Vater mit dem Beruf Ihres Gatten zu tun, wenn ich fragen darf?«

»Mein Vater war sein Chef! Mein Vater ist Professor Eichstätt, der Leiter der internistischen Abteilung des Städtischen Krankenhauses.«

Während Frau Bremer mit einem längeren Loblied auf ihre erfolgreiche Familie begann, piddelte Schmalenberg eine Camel aus seiner rechten Jackentasche, ohne die Schachtel herauszuholen, schließlich rauchte er gern nach einem guten Essen. Diese Selbstbeweihräucherung war ihm zuwider. Schmierenkomödie, dachte er, wie in der Schwarzwaldklinik, wo auch jeder mit jedem verschwippt und verschwägert ist.

»Haben Sie noch weitere Fragen, Herr Schmalenberg?« unterbrach plötzlich Frau Bremer ihren Vortrag, als sie bemerkte, daß er die leere Konfektschale zum Aschenbecher umfunktionieren wollte.

»Darf ich rauchen?« fragte er betont höflich, hatte aber damit den Bogen überspannt.

»Hans«, herrschte Bohlmann ihren Partner an, ihre dunklen Augen funkelten böse, »hast du noch eine Frage?« Sie schnaubte vor Wut, weil sie das ganze Gespräch allein bestreiten mußte.

»Nein, im Moment nicht«, winkte Hans lässig ab und ließ sich seine Zigarette schmecken, »wir können uns ja noch einmal telefonisch mit Ihnen in Verbindung setzen…«, und fügte charmant hinzu: »Ihre Pralinen waren übrigens ganz ausgezeichnet!«

Ulrike hätte ihrem Kollegen am liebsten eine geballert. Es war mal wieder typisch für ihn, konsequent gegen den Strom zu schwimmen und bewußt die Fettnäpfchen zu suchen.

Trotz der recht gespannten Atmosphäre verabschiedete man sich artig per Handschlag und tauschte noch einige Höflichkeiten aus. Beim Hinausgehen stolperte Schmalenberg erneut über die Katze.

»Du bist ein altes Arschloch, mich so im Stich zu lassen!« schimpfte Ulrike sauer, als beide wieder auf der Straße standen. Es begann zu nieseln.

»Sieh mal, Schatz!« begann ihr Kollege und hakte sich bei ihr unter.

»Ach hör doch auf zu sabbern!«

»Ulrike!« begann er herzzerreißend, zwei treue Hundeaugen suchten ihren Blick. »Du hast doch für solche Situationen einfach ein besseres Händchen! Ich hätte mich nie und nimmer so toll mit dieser Frau unterhalten können.«

»Du hattest ja auch Hunger!«

»Bitte, Ulrike!« flehte er unterwürfig. Nur die nasse Straße hinderte ihn am Kniefall. »Beim nächsten Mal kannst du die Pralinen essen!« Er ergriff ihre rechte Hand und hauchte einen Kuß auf die Stelle, wo Karatekämpfer normalerweise eine dicke Hornschwiele tragen.

»Ach Hans! Du bist eine alte Triefnase!« resignierte sie liebevoll. Wie konnte sie diesem Menschen böse sein… und ließ es bei einem herzlichen Knuff mit dem Ellenbogen in die Rippen bewenden. Schmalenberg verdrehte die Augen, wagte aber keinen Protest.

Mittlerweile hatte sich der Himmel völlig zugezogen und es begann heftig zu regnen. Kölner Wetter.

»Ulrike?«

»Ja, was gibts denn, Herr Kommissar?«

»…ich glaube, mir ist schlecht!«

4.

Hauptkommissar Schmalenberg und seine Kollegin wollten gerade die Glastür des häßlichen gelben Hochhauses am Waidmarkt öffnen, als ihnen Söns entgegenkam.

»Ja, wie siehst du denn aus!« prustete Schmalenberg vor Lachen, als er die neue Arbeitskleidung seines Mitarbeiters sah. Statt wie üblich das Outfit eines Bankangestellten zu tragen, begegnete Söns seinen Kollegen diesmal in einem schmuddeligen Pullover, in dessen Ausschnitt ein rotes T-Shirt die unbehaarte Brust zu verdecken versuchte. Eine bollrige Jeans mit häßlichen Birkenstocksandalen tat ein Übriges, um Söns in einem völlig neuen Licht erscheinen zu lassen.

»Ich wüßte nicht, seit wann wir uns duzen!« entgegnete Söns todernst, ohne auf Schmalenbergs Spitzen einzugehen.

»Tschuldigung! Ich bitte vielmals um Entschuldigung, ich wollte Ihnen natürlich nicht zu nahe treten. Aber eine Frage, Herr Söns. Warum plötzlich Ihre Vorliebe für das Kostüm eines Flippis? Oder sind Sie etwa auf dem Wege zur Annostraße? Die bequemen Schuhe für einen langen Fußmarsch sind ja bereits angeschnallt.«

Söns wirkte in dieser ungewohnten Aufmachung wirklich etwas lächerlich, selbst Ulrike mußte grinsen.

»Was deines Amtes nicht ist, da laß deinen Vorwitz! Jesus Sirach«, versuchte Stefan Söns, Boden zu gewinnen.

»Der Bürokrat tut seine Pflicht von neun bis eins, mehr tut er nicht!« konterte Schmalenberg in der Hoffnung, daß der fehlende Zusammenhang nicht sofort bemerkt würde. Fehlanzeige!

»Meinen Sie, Ihr Zitat paßt, Herr Schmalenberg?« kam prompt die Nachfrage. »Ich habe noch keinen Feierabend!«

Die Situation war einfach nur noch peinlich.

»Kindertheater!« schnauzte Bohlmann, ließ die beiden Streithähne auf der Treppe zum Polizeipräsidium zurück und betrat das Gebäude.

Verdutzt standen sich nun die beiden Herren gegenüber und wußten nicht mehr weiter. Nur der Pförtner in seinem Glashäuschen amüsierte sich köstlich über das Schauspiel. Mit seiner Kunststoffhand schlug er applaudierend auf den Tisch.

»Laufen wir oder nehmen wir den Aufzug?« fragte Ulrike, als Schmalenberg zu ihr an die Informationstafel kam. Um einen Streit zu vermeiden, vermied sie die Frage, wie er sich aus der Situation hatte retten können.

»Wir laufen!« muffelte er schlecht gelaunt und gab sich trotzig eine sportliche Note. Elegant nahm er im Lauf nur jede zweite Stufe, blieb aber schwer atmend am Treppenabsatz im dritten Stockwerk stehen und rang nach Luft.

»Machst du eine Zigarettenpause?« erkundigte sich Ulrike, die ihn mittlerweile gemächlichen Schrittes eingeholt hatte und mit ihrem Po demonstrativ an ihm vorbeiwackelte.

»Das ist nur dieses verdammte« – seine Stimme versagte – »sauerstoffarme« – wieder kam eine längere Pause – »Kölner Wetter!«

Als Ulrike den langen dunklen Flur der dritten Etage erreichte, kamen ihr fremde Geräusche entgegen. Fast alle Türen der anderen Dienstzimmer waren im Gegensatz zu sonst verschlossen. Irgendetwas stimmte hier nicht, das sonst so rege Hin und Her auf dem Korridor war verschwunden. Eine Ahnung überkam sie, als sie die Tür zu ihrem Zimmer 406 öffnete. Ihr glitt vor Schreck die Aktenmappe aus der Hand.

»Um Himmelswillen, was machen Sie denn hier?«

Einer der drei Anstreicher ließ gerade seinen Zigarettenstummel mit leisem Zischen in eine leere Bierflasche fallen und grinste die Kommissarin an: »Wir bringen Ihr Dienstzimmer wieder auf Hochglanz!«

Überall standen Batterien von Farbeimern und Pinseln herum, die ein Betreten des Büros fast unmöglich machten. Die Aktenberge und Notizen auf den Schreibtischen von Bohlmann und Schmalenberg waren dem schnellen Zugriff durch große Abdeckplanen entzogen. Eine der beiden von Ulrike so sorgfältig gepflegen Birkenfeigen am Fenster war umgefallen, die andere hatte aus Protest gegen die grobe Behandlung einen Teil ihrer Blätter abgestoßen. Ein einziges Chaos, Ulrike war sprachlos.

»Schöne Frau! Treten Sie doch näher!« bemerkte der Maler, der sich in der Mitte des Raumes eine Sitzgelegenheit aus Aktenordnern gebaut hatte und seine Mettwurststulle aß, »wollen Sie uns helfen?«

»Sie spinnen wohl?« antwortete Schmalenberg, der hinzugekommen war und gerade noch diese ironische Bemerkung aufgeschnappt hatte. Er stützte sich mit der Hand am frisch gestrichenen Türrahmen ab und blieb prompt hängen.

»Nun werden Sie mal nicht persönlich!« schnauzte der dritte Maler zurück, der rittlings im Fenster saß und das Holz ablaugte. »Sie hätten vorher ihren Krempel wegräumen können.«

»Wenn Sie uns schon nicht helfen wollen, dann lassen Sie uns doch wenigstens in Ruhe arbeiten!« antwortete der erste beim Öffnen einer neuen Pulle Bier. Wieder verzog er den Mund zu einem Lächeln, als ob er eine Banane quer essen wollte.

»Bei der Geschwindigkeit von Arbeiten im öffentlichen Dienst kann das noch Tage dauern«, resignierte Ulrike vor so viel Unverschämtheit.

Schmalenberg, der sonst immer seine Verbundenheit mit der Arbeiterschaft betonte, kamen in Anbetracht dieses Chaos Zweifel an seiner Gesinnung. Er wollte gerade einen saftigen Streit vom Zaum brechen, als das Telefon klingelte. Fieberhaft suchte er nun nach einer Einstiegsluke in die Plastikplane, um sich dann unter großem Rascheln einen Weg zum Apparat zu bahnen. Eine Akte fiel krachend zu Boden.

»Schmalenberg!«

Sehr zur Belustigung der Anstreicher beschlug schon bei seinen ersten Worten die Plastikfolie. Es entstand eine längere Pause. Hans hockte regungslos am Schreibtisch, um keine unnötigen Geräusche zu machen. Vergeblich. Es knisterte trotzdem. »Wie bitte!? Ich verstehe Sie nicht!« schrie er ins Telefon. »Können Sie das noch einmal wiederholen?«

Wieder raschelte es furchtbar, als Hans seine unbequeme Sitzposition zu ändern versuchte. »Nein, die Leitung ist nicht gestört, das muß an Ihrem Apparat liegen!« Um seinen Kopf hatte sich inzwischen Kondenswasser gebildet.

»Ja… nein… nein… Da sind Sie bei mir an der falschen Adresse! So glauben Sie mir doch, für die Freigabe des Toten ist die Staatsanwaltschaft zuständig!« Offensichtlich zeigte sich der Anrufer mit dieser Antwort nicht ganz einverstanden, denn Schmalenberg verzog entnervt sein Gesicht und rollte mit den Augen. »Ja… gut… aber ja doch!« versuchte er nochmals, den Redeschwall aus der Leitung zu unterbrechen, »…wie gesagt, die zuständige Stelle dafür ist der Staatsanwalt. Ich kann mir nicht vorstellen, daß noch Einwände bestehen!«

Aufgelegt!

Hans betrachtete verärgert seinen Hörer. »Ich bemühe mich um eine freundliche und zuvorkommende Art, und dieser Typ legt einfach auf!« Seine Stimme klang gedämpft durch die beschlagene Plastikplane, hinter der man Schmalenberg nur vermuten konnte. Beim geordneten Rückzug aus seinem Gefängnis riß er noch ein Kölschglas mit Stiften vom Schreibtisch. Als er raschelnd wieder auftauchte, standen ihm Schweißperlen auf der Stirn, feucht klebte ihm sein T-Shirt unter der Lederjacke am Körper.

»Wer war denn am Apparat?« fragte Ulrike.

»Der alte Eichstätt! Du weißt ja, der Chef der Inneren Abteilung des städtischen Krankenhauses. Ein totaler Widerling!«

Als die beiden das Zimmer verlassen wollten, rief ihnen noch der Ablauger unter lautem Gelächter der anderen nach: »Erkälten Sie sich nur nicht, Herr Kommissar!«

»Vergiß nicht, Hans, er hat gerade seinen Schwiegersohn verloren!«

Hans trocknete sich mit einem Taschentuch die Stirn. »Egal! Dafür kann ich ja nichts! Wenn der in dieser Weise auch mit seinen Patienten verfährt, dann braucht sich niemand zu wundern, daß das Image der Mediziner in der Öffentlichkeit ständig sinkt!«

»Und? Was wollte er von dir?«

»Mich anmachen, weil die Leiche seines Schwiegersohnes noch nicht freigegeben wurde!«

»Was mag er für ein Interesse daran haben, daß Dr. Bremer

so schnell bestattet werden soll?« fragte Bohlmann nachdenklich.

5.

»Hast du schon lange gewartet?« Eine blonde Schönheit, Anfang zwanzig, stellte ihre große Basttasche neben Stefan Söns, der seinen Körper den wenigen Sonnenstrahlen preisgab.

»Vielleicht gerade fünfzehn Minuten.«

Das Wetter hatte sich an diesem Nachmittag deutlich gebessert, es war warm geworden. Trotzdem war das Schwimmbad am Eisstadion noch nahezu leer. Die Blonde breitete ihre Dekke neben der häßlich karierten ihres Freundes aus und legte sich zu ihm.

»Willst du dich nicht ausziehen, ich dachte, wir würden beide ins Wasser springen?« fragte er enttäuscht.

»Ach, ich weiß nicht, ich friere ein bißchen«, antwortete sie und schaute dabei zu den grauen Wolken am Himmel hoch. »Aber wie kommt es, daß du so plötzlich einen freien Nachmittag hast? Etwa Freizeitausgleich für geleistete Überstunden?« Zärtlich kuschelte sie sich an ihn heran und drückte ihre weichen Lippen auf seine Schulter.

»Nicht ganz.« Dabei legte er geheimnisvoll seinen gestreckten Zeigefinger zum Zeichen der Verschwiegenheit gegen seinen Mund. »Offiziell bin ich noch im Dienst und recherchiere die Identität eines Tippelbruders.«

»Na, du bist mir ja ein Schlumich! Und der arme Tippelbruder muß warten? Was ist denn passiert?«

»Du vergißt wohl, daß ich jetzt im Morddezernat arbeite!« erklärte Söns voller stolz. »Ihm wurde der Schädel eingeschlagen!«

»Buuh! Was sind denn das für Worte!«

»So steht es sogar im Obduktionsbericht...« Söns kramte in seinem Aktenkoffer und zog die rote Akte heraus. »Da, lies!«

»Keine Lust auf solche Geschichten!« Sie schob die Akte wieder in den Koffer zurück. »Ich werde mir doch an so einem Tag nicht die Laune verderben lassen!«

»Durch den Schlag auf den Schädel kam es zu einer schweren Blutung im Kopf, wahrscheinlich war der arme Teufel sofort tot.«

»Das sind schon ganz andere Worte. Wenn du so respektvoll von einem Menschen redest, mag ich dich viel lieber, als wenn du hier den coolen Bullen heraushängen läßt.«

»Du bist vielleicht süß, Renate! Ich und ein cooler Bulle!« lachte Söns und schaute an sich herunter: Ein bleicher schmächtiger Brustkorb mit inselmäßigem Haarwuchs, ein leichter Bierbauchansatz, der von zwei dürren, gestellartigen Beinen durch eine sportliche Badehose getrennt wurde, und Füße mit Überlänge. »Ich habe eher was von einem Büroangestellten!« erklärte er nicht ohne gewisse Selbstironie.

»Horst Tappert vor vierzig Jahren«, flüsterte sie ihm ins Ohr und stoppte seinen Redefluß durch einen Kuß, »ist eigentlich etwas über den Tathergang bekannt, gibt es ein Motiv?«

»Die Tatwaffe haben wir bisher noch nicht gefunden, wahrscheinlich handelt es sich um ein schweres Rohr mit einem kolbig verdickten Ende. Als Täter kommt eine Person in Frage, zwischen einsachzig und einsneunzig groß, die den Tippelbruder vermutlich von hinten erschlagen hat.«

»Und das alles hat mein Süßer mit seinem untrüglichen Scharfsinn herausgefunden?«

»Quatsch! Das ist das Ergebnis vom ED!«

»Ach ja? Natürlich vom Ed! Von wem auch sonst! Und wer bitte ist dieser Mister Ed?«

»Der Erkennungsdienst.«

»Und was hast du jetzt als nächstes vor, wenn du dich nicht gerade mit deinem Fräulein Meier triffst?«

»Der Tote hatte keine Papiere bei sich, weshalb mir nun die heroische Aufgabe zufällt, die Identität dieses Alkis festzustellen.«

Aus seinen Worten klang nicht gerade zündender Eifer. Renate Meier fischte sich aus ihrer Tasche eine Zigarette.

»So wie du redest, hast du kein besonderes Interesse an einer Klärung, Es ist ja auch nur ein kleiner Alki!«

Söns richtete sich auf und protestierte gegen ihren Tonfall: »Unterstelle mir bitte nicht, daß mir Randguppen egal sind. Fest steht aber, daß keiner im ersten Kommissariat sonderlich an einem Ergebnis interessiert ist, und auch keiner damit rechnet, daß der Täter jemals gefunden wird! Du kannst es meinetwegen eine Strafarbeit nennen. Was soll ich mich also beeilen, in der Südstadt alle Trinkhallen abklappern und jedem Alkoholiker das Bild des Toten vor die Nase halten?«

Söns drehte wieder an den Zahlenschlössern seines Koffers, öffnete ihn und kramte eine Tüte Chips unter der Akte, den Badelatschen und dem Handtuch hervor. Er hatte sich so erregt, daß sich beim Aufreißen der Tüte ein Teil der Kartoffelscheiben über seine Decke verteilte. Renate Meier konnte sich der Verlockung nicht entziehen und begann zu knuspern.

Das Schwimmbad hatte sich inzwischen etwas gefüllt, das Kindergeschrei nahm an Lautstärke zu. Trotzdem fielen die wenigen Personen auf der Rasenfläche wie Exoten auf, wobei jeder jeden beobachtete. Neben den beiden hatte sich ein weiteres Pärchen niedergelassen, das sich offenbar unbeobachtet glaubte.

»Und was ist daran so schlimm?« fragte Renate nach einer längeren Pause mit gedämpfter Stimmlage.

»Woran?«

»Na ja, mit dem Foto des Toten durch die Südstadt zu laufen?«

»Daran habe ich kein Interesse; ich gehe lieber ins Schwimmbad und überlege, wie man das cleverer anstellen kann, um den Namen des Toten herauszubekommen.«

»Durch dein Elternhaus bist du ja nicht gerade gewohnt, dich im Milieu von Alkis zu bewegen.«

»Jetzt fängst du schon genauso an zu stänkern wie meine Kollegen«, wurde Söns ärgerlich; seine Freundin hatte einen wunden Punkt berührt.

»Nun aber langsam, junger Mann! Jetzt mal raus mit der Sprache! Was ist denn mit deinen Kollegen?«

Nach leichtem Zögern berichtete ihr Söns zum ersten Mal von seinen Problemen mit Bohlmann und Schmalenberg.

Zärtlich schob sie ihrem Kriminalkommissarbewerber eine gebackene Kartoffelscheibe in den Mund und drückte sich liebevoll an ihn. »Verzeih mir bitte meine Bemerkung von eben, aber das konnte ich nicht wissen.«

»Schon gut, ich hätte dir auch schon früher davon erzählen sollen, aber ich dachte, das seien lediglich Anfangsschwierigkeiten. Diese Kiste mit dem Schmalenberg ist total verfahren, Liebling«, resignierte Stefan Söns. »Vielleicht verstehst du jetzt, weshalb ich kein gesteigertes Interesse zeige, meinen Fall möglichst bald abzuschließen. Denn wenn ich nämlich mit meiner Sache klar wäre, müßte ich meinen beiden Kollegen bei der Arbeit helfen und das hieße wieder Streß und Ärger mit Schmalenberg!«

Er blickte so unglücklich aus seinen treuen Hundeaugen, daß Renate ihn sanft in ihre Arme nahm.

»Du arme Socke. Dann bleib lieber hier bei deiner Süßen im Schwimmbad!«

Sie küßten sich.

6.

Gegen 15.00 Uhr kämpften sich Bohlmann und Schmalenberg mit ihrem Dienstwagen durch den dichten Berufsverkehr am Barbarossaplatz. Das Fassungsvermögen der Kölner Straßen war so begrenzt, daß schon ein ortsunkundiger Fahrer aus dem Oberbergischen ausreichte, um den Strom der Blechbüchsen zum Erliegen zu bringen. Der Sonnenschein wurde durch die giftigen Abgasschwaden getrübt, denen nur mit geschlossenen Autofenstern zu entkommen war. Es war heiß. Schon verfluchten die beiden Polizeibeamten ihren Entschluß, noch kurz vor Feierabend Bremers Werkstatt einen Besuch abzustatten. Neben ihnen hielt ein blauer Opel mit einem seriös wirkenden Fahrer, der sich verträumt in der Nase bohrte, um anschließend sein Werk voller Andacht zu betrachten. Als er durch ein Hupkonzert hinter ihm zur Weiterfahrt ermuntert wurde, schnippte er sein Produkt aus dem Fenster auf die Windschutzscheibe eines anderen Autos. Schmalenbergs kurzzeitig aufkeimender Appetit auf einen Hamburger des amerikanischen Spezialitätenrestaurants war plötzlich wie weggeblasen.

Die Werkstatt lag in Klettenberg, das inzwischen zu den besseren, sprich teuren Wohnvierteln Kölns gehört. Das verwitterte Haus mit der brüchigen Toreinfahrt und dem kaum noch lesbaren Schild »Autoreparaturwerkstatt« wirkte wenig vertrauenerweckend und wollte nicht so recht in das Bild der modernisierten Altbauten passen.

»Und hierher soll Dr. Bremer seinen schnittigen Mercedes zur Reparatur gegeben haben?« brach Ulrike das Schweigen und schaute zweifelnd in die Toreinfahrt, während Hans dabei war, seinen Dienstwagen sorgfältig zu verschließen. Seitdem ihm kürzlich jemand eine Vanilleeistüte auf den Fahrersitz gelegt hatte, war es mit seinem Vertrauen in das Gute im Menschen vorbei.

»Kommst du bitte«, fragte Ulrike ungeduldig und schaute auf die Uhr, »die machen gleich dicht!«

Erst als sich Hans vergewissert hatte, daß auch die Beifahrertür verschlossen war, ließ er den Schlüssel in seine Jackentasche gleiten und begleitete seine Kollegin.

»Du hättest dir besser etwas anderes angezogen, Schatz!« grinste er.

»Wieso?« wollte Ulrike wissen und schaute an sich herunter. Der schwarze Lederrock und die signalgrünen Lackschuhe mit den Fünf-Pfennig-Absätzen hoben sich angenehm ab von der ölverschmierten Toreinfahrt zum grauen Hof. »Mit so einer Bruchbube kann ja niemand rechnen!«

»Glaubst du, Sybille Bremer hat uns in die Wicken geschickt?«

»Unter dem Motto: Kennst du schon das neue Buch *Der Weg umsonst*?« ergänzte Ulrike. »Ich glaube nicht. Ihr lieber Thomas war halt ein recht sparsamer Mensch.«

Sie überquerten den Innenhof, auf dem zahlreiche schrottreife, aber auch sehr teure Flitzer standen. Trippelnd versuchte die Kommissarin, mit ihren Absätzen die Lücken zwischen den Pflastersteinen zu meiden.

»Das ist ja mein Reden: Lappöhrsche!« bemerkte Schmalenberg und dämpfte seine laut hallende Stimme. »Der Bremer hat wahrscheinlich mit dieser Klitsche gekungelt und ohne Quittung arbeiten lassen. Eine offiziell zugelassene Mercedes-Werkstatt hätte ganz andere Preise!«

»Teurer als das Leben kann eigentlich keine Werkstatt sein«, flüsterte Ulrike ihm weise ins Ohr.

»Das haben wir gern! Ein motziges Auto fahren wollen, aber dann am Service sparen!«

Sie bewegten sich auf ein Häuschen zu, das von der übrigen Werkstatt durch eine Glaswand abgetrennt war. Drinnen pustete gerade eine Blondine mit Schützenfestfrisur und grellrotem Mund ihre frisch lackierten Fingernägel trocken.

Hans öffnete die quietschende Tür zum Glashäuschen. »Guten Tag! Sind wir hier richtig in der Autowerkstatt Schmitz?«

»Fachwerkstatt bitte!« korrigierte die angesprochene Sekretärin die Frage in gestelztem Kölner Hochdeutsch. »Sie sind hier goldrichtig, junger Mann! Was kann ich für Sie tun?«

»Wir möchten bitte Ihren Chef sprechen!« quittierte Ulrike

barsch die Unterlassung, nicht persönlich angesprochen worden zu sein.

Daß immer gleich Konkurrenzverhalten aufkommen muß, dachte Schmalenberg und schmunzelte. Hätte er diesen Gedanken laut geäußert, wäre ihm die aktive Frauenrechtlerin Bohlmann sicher an den Hals gesprungen.

»Cheeeeef!« Ein markerschütternder Ruf ertönte aus der Kehle dieses doch recht zierlichen Persönchens. »Kuuuundschaaaaaaft!«

Damit entschwanden Schmalenbergs vage aufkeimende Sympathien für diese blonde Schönheit auch schon wieder.

Ein stiernackiger Fettkloß wie aus einem billigen Krimi mit einem viel zu engen Jackett und einem goldenen Siegelring am rosigen Wurstfinger betrat die Szene. »Womit kann ich Ihnen dienen?« Die wulstigen Lippen verzogen sich zu einem Lächeln.

»Wir sind von der Kriminalpolizei und ermitteln in der Sache Dr. Bremer«, fiel Schmalenberg mit der Tür ins Haus, um keine Mißverständnisse aufkommen zu lassen.

Der eben noch so gewinnend lächelnde Mund verwandelte sich zu einem schmalen, unfreundlichen Schlitz.

»Und was, bitte, wollen Sie dann von mir?«

Dieses »bitte« wird ihm schwergefallen sein, spekulierte Hans und erklärte weiter: »Der cremefarbene Mercedes der besagten Person wurde vor drei Tagen bei Ihnen wegen zweier zerstochener Vorderreifen repariert. Eines dieser beiden Räder löste sich gestern von diesem Fahrzeug, was zu einem tödlichen Unfall führte!«

Die rosige Gesichtsfarbe des Chefs wich schlagartig einer fahlen Blässe. »Ach du Scheiße!« platzte er mit der Ungeschicklichkeit eines Bernhardiners heraus.

Ulrike nutzte die Gunst der Überraschung: »Dürfen wir daraus schließen, daß Sie sich an Herrn Bremer und diese Reparatur erinnern?«

Offensichtlich hatte Herr Schmitz an diesem Morgen noch nicht den *Express* gelesen, sonst wäre er besser vorbereitet gewesen.

»Ähm. ja, schon. Wir zählen viele Akademiker zu unserem festen Kundenstamm«, gewann er allmählich seine Fassung wieder, »trotzdem müssen Sie mir erklären, warum Sie ausgerechnet deswegen zu mir kommen!«

Er versuchte vergeblich, sich dumm zu stellen.

»Lieber Herr Schmitz«, antwortete Hans in provoziernd väterlichem Ton, »sehen Sie mal«, und klopfte ihm dabei auf die Schulter, »wenn sich von einem gerade gewarteten Fahrzeug ein Rad löst, dann ist es doch naheliegend.«

»Schon gut, schon gut!« unterbrach ihn der Autoreparaturdirektor kapitulierend, »in unserer Werkstatt werden aber alle Arbeiten unter fachmännischer Leitung ausgeführt! Unser hervorragender Ruf kann sich keine Schlamperei leisten! Es ist also völlig ausgeschlossen, daß dieser Unfall unser Verschulden sein könnte!« Schmitz, den nur ein fehlendes Goldkettchen am rechten Handgelenk von einem Loddel unterschied, wurde offensiv: »Fragen Sie doch unseren Meister!«

Schon war er wieder durch die Tür, um seinen Meister zu holen und auf die kommenden Fragen vorzubereiten.

Fünf Minuten später betrat ein hagerer, vorgealterter Mann von schätzungsweise Anfang fünfzig in einem grauen Monteurskittel das Glashäuschen. Aus der Seitentasche lugten der *Express* und ein Achtzehnerschlüssel.

»MMsche«, redete ihn das blonde Gift respektlos an, »das sind Leute von der Kripo!«

»Für Sie immer noch Herr Maier, bitte! Soviel Zeit muß sein!« wies er die Sekretärin zurecht. Seine Antwort wurde von einem mitleiderweckenden Hustenanfall unterbrochen, für den nur Schmalenberg als langjähriger Raucher Verständnis entwickelte.

»Schmalenberg!« Nach einem kurzen Blick auf die ölverschmierten Hände des Meisters und dessen gelbe Nikotinfinger verzichtete er auf eine Begrüßung per Handschlag. »Wo haben Sie ihren Chef gelassen?«

»Der mußte noch wegen dringender geschäftlicher Angelegenheiten weg. Aber sicherlich kann ich Ihnen weiterhelfen?«

Sein rasselnder Atem wurde von einem pfeifenden Geräusch begleitet.

»Wenn Sie heute schon den *Express* gelesen haben, wird Ihnen vielleicht der tragische Unfall Ihres Kunden Dr. Bremer bekannt sein?! Könnten Sie uns einige Angaben über die Reparatur des Wagens machen?« fragte Ulrike.

»Aber gewiß doch«, hustete MMsche, »die beiden Vorderreifen des Mercedes sind mutwillig zerstochen worden, so daß sie« – wieder nahm ein schleimfördernder Hustenstoß ihm die Luft zum Weitersprechen – »ausgetauscht werden mußten. Den Radwechsel hat unser Lehrling vorgenommen, was aber von mir kontrolliert wurde. Beim Verlassen unserer Werkstatt war der Wagen voll funktionstüchtig!«

»Wo ist denn der Lehrling gerade?«

»In der Berufsschule!« antwortete die Sekretärin ungefragt.

»Wären Sie so nett, ihn morgen ins Präsidium zu schicken? Sie wissen ja, am Waidmarkt, in der vierten Etage«, bat Ulrike trotz ihrer Abneigung gegen diese Frau sehr höflich.

»Und wer zahlt unserer Firma den Verdienstausfall?«

Schmalenberg beugte sich langsam zu der Sekretärin vor und erkundigte sich lächelnd:« Haben Sie eigentlich einen Beleg über die Reparatur?«

»Ähm«, stammelte sie hilflos.

»Aber nicht doch«, wunderte sich Hans verblüfft und schüttelte scheinheilig den Kopf, »wurde hier etwa ohne Quittung gearbeitet?«

Pause.

Treffer, dachte Hans, das Finanzamt ist doch immer wieder eine gelungene Drohung.

Die Schützenfestfrisur kapitulierte. »Wenn ich mir das so überlege«, sie blätterte in dem Terminkalender, »müßte das eigentlich in Ordnung gehen. Wir schicken morgen den Stift vorbei.«

Als die beiden Beamten den Hof überquerten, hörten sie noch ihre keifende Stimme:« MMsche, du blöder Hund! Kannst du nicht unseren Stift aus dem Spiel lassen.«

Bohlmann konzentrierte sich wieder auf den Erhalt ihrer Absätze und trippelte hinaus auf die Straße.

»Dieser Laden hat Dreck am Stecken, ganz sicher«, resümierte Schmalenberg, »der Chef hat keine Geschäfte zu erledigen, sondern kalte Füße bekommen. Wer weiß, woher die teuren Autos kommen?«

Bis auf einen kleinen Ölfleck hatte Ulrike ihre Schuhe unbeschadet retten können. »Damit können sich unsere Kollegen befassen. Für uns ist diese Geschichte erledigt!« Sie warf ihre Handtasche lässig über die Schulter und schlenderte wie eine Diva zum Dienstwagen zurück. »Die Radmuttern wurden in diesem schlamperten Saftladen nicht sachgerecht montiert. Unfall… und peng! Ein einfacher Fall für den Staatsanwalt!«

In Erinnerung an den lungenkranken Meister Maier verzichtete Schmalenberg nach der Rückkehr zum Dienstwagen auf seine gewohnte Zigarette.

7.

Das Café Fleur war an diesem Donnerstagvormittag bis auf drei müde herumsitzende Gestalten noch leer. Der kalt wirkende, gekachelte Fußboden war noch sauber, keine Zigarettenkippen, keine Abdrücke von auf dem Gehsteig zertretener Hundescheiße, vermischt mit Frühstücksresten. Bestenfalls der Geruch nach kaltem Rauch erinnerte an den lebhaften Betrieb des gestrigen Tages. Schmalenberg überlief ein kalter Schauer, als er unter lautem Knirschen den Stuhl näher an seinen Tisch rückte. Trotzdem kam er immer gern hierher, ohne eigentlich zu wissen warum. Vielleicht waren es die großen Panoramafenster, die ein ungestörtes Beobachten der Engelbertstraße und der frustranen Einparkversuche in die wenigen, meistens viel zu kleinen Lücken ermöglichten. Gelegentlich gab es auch mal einen Rums mit anschließendem Palaver. Vielleicht waren es auch die merkwürdigen Gestalten, die hier auf eine Überraschende Wende in ihrem Leben warteten.

Hinter der Theke tauchte die kleine spitzmausgesichtige Kellnerin ab, um einige Gläser zu spülen. Die große Birkenfeige neben der Eingangstür hatte wieder einige Blätter verloren und vermittelte eine herbstliche Atmosphäre.

Schmalenberg beobachtete gerade ein altes Mütterchen, das fast am Bordstein auf der gegenüberliegenden Straßenseite gestolpert wäre, als draußen Ulrike Bohlmann mit ihrem grünen Polo heranrauschte. *Minigolf* nannte er sehr zu ihrem Leidwesen dieses Häufchen Blech. Offenbar rechnete Ulrike mit einem Einsatz wie gestern in der Werkstatt Schmitz, denn sie gab sich diesmal ausgesprochen sportlich: Turnschuhe und Levis. Sie stürmte gut gelaunt durch die Eingangstür und warf sogleich die Tasche mit allerlei Akten auf Schmalenbergs Tisch, mit einem Schwung, der den Aschenbecher fast auf den Boden fegte.

»Morgen, Hans!« Sie begleitete ihren Gruß mit einem flüchtigen Kuß auf seine verschlafene Wange.

»Hallo, Ulrike!«

Unter leichtem Knirschen zog sie einen Stuhl heran, wieder überlief ihn ein kalter Schauer bei diesem Geräusch.

»Du bist vielleicht eine Nudel, unsere Frühbesprechung hier abzuhalten! Der Chef hat dich sowieso schon auf dem Kieker!«

Schmalenberg blätterte im *Stadtanzeiger* und suchte nach der Seite mit der großformatigen Todesanzeige Dr. Bremers.

»Schau mal!« Er hielt ihr die Zeitung vor die Nase. »Wie findest du das? Wie die letzte Würdigung eines Großindustriellen!«

»Lenk nicht ab, sondern antworte mir gefälligst«, fragte Ulrike ungeduldig, »warum treffen wir uns heute hier?«

»In unserem Dienstzimmer wird noch immer renoviert. Also, was sollen wir da? Und was unseren Chef betrifft, der kann mich mal! Ich bin schließlich lebenslänglich verbeamtet!«

Bohlmann legte ihre modische Jacke ab und hängte sie über ihren Stuhl. Wieder knirschte es.

»Ich denke, du wolltest heute den Lehrling aus der Werkstatt vernehmen?« fragte sie ihren Kollegen, »der sollte doch zum Waidmarkt kommen, oder?«

»Den habe ich hierher bestellt!«

»Auch das noch!« Sie zeigte ihm einen Vogel. »Du kannst doch nicht eine offizielle Vernehmung…«

»Nun reg dich bitte ab!« unterbrach Hans sie jetzt nicht mehr ganz so friedlich. »Bestell dir lieber ein ordentliches Frühstück!«

Ulrike schüttelte resigniert den Kopf. Ihr Kollege war doch immer für eine Überraschung gut.

»Bitte noch ein zweites Frühstück!« tönte Schmalenberg durch den Raum.

Zwei müde abgestürzte Gestalten zuckten prompt zusammen. Die Spitzmaus kroch hinter ihrer Theke hervor und registrierte nickend die Bestellung.

»Willst du mich nicht erst einmal fragen, ob ich überhaupt Lust habe, mit dir ein gemeinsames Frühstück einzunehmen?« grummelte Ulrike. »Du bist genau wie Peter, der mich auch ständig bevormundet!« Peter hieß übrigens die andere Hälfte ihrer krisenreichen Beziehung, deren Tage gezählt waren.

»Oh, wie ich das hasse! Ständig diese chauvinistischen Machotouren!« brodelte der vergangene Frust wieder in ihr hoch.

Da habe ich ja wieder eine Nadel in den Ballon gestochen, dachte Hans und schwieg vorsichtshalber. Gleich kommt sicher die Geschichte vom Diktat der Männer.

»Ich bin es satt«, schimpfte sie weiter, »von euch Männern meinen Lebensweg diktiert zu bekommen.«

Um des lieben Friedens willen verkniff er sich ein Grinsen, schließlich wollte er ja noch den ganzen Tag mit ihr zusammenarbeiten.

»Bitte, Ulrike! Ich dachte mir nur…«

»Ich kenne deine Gedanken!«

»Ich wollte dir nicht auf den Schlips treten!« lenkte er nochmals mit behutsamer Stimme beschwichtigend ein. Diese unsägliche Geschichte mit ihrem Peter hatte er nun schon seit mehreren Monaten miterlebt, ein Drama.

Einer der schrägen Vögel verzog sich fluchtartig, als die Stimmung unfreundlicher zu werden drohte. Abgesehen von Schmalenbergs unmöglichem Verhalten, einfach über Ulrikes Kopf hinweg ein Frühstück zu bestellen, knurrte ihr aber trotzdem hörbar der Magen.

»Könnte ich auch ein Ei bekommen?« rief sie der Spitzmaus ergänzend zu, offenbar siegte ihr Hunger über ein konsequentes Verhalten.

Hans schwieg. Jede weitere unbedachte Bemerkung würde ihre gemeinsame Arbeit zur Qual werden lassen. Und wie gern hätte er noch einige ketzerische Worte dazu sagen wollen. Er fühlte sich in diesem Augenblick sehr weise und überlegen.

»Gibts hier einen Schmalenberg?« fragte das Spitzmaulgesicht respektlos und hielt den Hörer widerwillig in die Höhe.

»Hast du etwa diese Nummer im Kommissariat angegeben?« fragte Ulrike erstaunt ihren Kollegen, der bereits aufgestanden war, um der Kellnerin die beschwerliche Last abzunehmen.

Das folgende Gespräch ging im Rauschen der Espressomaschine unter.

Als Schmalenberg zum Tisch zurückkehrte, wartete Ulrike

schon gepannt auf seine Erklärung. »Ja, nun erzähl mal! War etwa der Chef am Apparat?«

»Ich muß dich leider enttäuschen. Söns wollte mich sprechen!«

»Söns?«

»Ja genau, unser lieber Söns!«

»Und was wollte er?«

»Er hat einen anonymen Anruf entgegengenommen.«

»Nun laß dir doch nicht alles aus der Nase ziehen!«

»Jemand hat am Telefon behauptet, er habe dreihundert Mark dafür bekommen, dem Bremer die beiden Vorderräder aufzuschlitzen.«

»Das wird wahrscheinlich wieder mal so ein Spaßvogel gewesen sein, der uns verscheißern will.«

»Auch mein erster Gedanke, aber Söns war anderer Meinung. Er hielt den Anruf für echt.«

»Söns schöpft ja aus einem reichen Schatz von Erfahrungen mit solchen Anrufen«, zweifelte Ulrike und schielte sehnsüchtig zum Tresen herüber, »wo bleibt denn nur das Essen?«

»Er klang aber sehr überzeugt! In einer Kneipe in der Südstadt soll die Geldübergabe stattgefunden haben. Über die Person des spendablen Auftraggebers wollte der geheimnisvolle Anrufer nichts sagen, um nicht in die Geschichte reingezogen zu werden.«

Die Spitzmaus lieferte endlich das Frühstück.

»Na und? Das sagt überhaupt nichts!« winkte Ulrike ab und biß erst einmal herzhaft in ein nacktes Hörnchen. Ihr leerer Magen ließ keine weiteren Spekulationen zu.

»Da bin ich ganz anderer Meinung!« widersprach Hans.

»Wieso? Etwa weil es sich jemand dreihundert Mark kosten ließ, Bremer einen dummen Streich zu spielen?«

»Vielleicht…«, antwortete Hans und köpfte sein Ei, »vielleicht aber auch nicht! Wie findest du den Gedanken, daß dieser Jemand in voller Absicht die Reifen zerstechen ließ, damit der Wagen zur Reparatur in die Werkstatt mußte?«

»Um danach die Manipulation am Vorderrad wie eine Schlamperei der Werkstatt erscheinen zu lassen!?«

»Ganz genau!«

»Mein lieber Hans! Du und deine Räuberpistolen!« belächelte Ulrike ihr Gegenüber. »Wenn du recht haben solltest, beginnt die ganze Geschichte ja spannend zu werden. Dann hätten wir es endlich mit einem waschechten Verbrechen zu tun.«

Schmalenberg lenkte seine Aufmerksamkeit auf eine Scheibe Gouda, den Standardkäse für ein Frühstück außer Haus. Mit einer hungrigen Ulrike war einfach nicht zu reden. Das Spitzmausgesicht betrat die Damentoilette, und gleich darauf drang der für das Café Fleur typische Desinfektionsgeruch nach Erdbeeren und Kaugummi zu den beiden herüber.

»Kein Wunder, daß die Birkenfeige ständig ihre Blätter verliert...«, meinte Schmalenberg und rümpfte seine Nase.

Ein junger Mann betrat unsicher das Café und blieb am Eingang stehen. Mit der linken Hand kratzte er sich in seinem kurzgeschorenen Haar, das am Hinterkopf zu einem modischen Schachbrettmuster auslief. Sein rechtes Ohrläppchen schmückte eine Perle. Nach kurzem Zögern steuerte er auf die beiden Beamten zu. »Sind Sie die Typen von der Kripo?«

Eine seltsame Art, sich einzuführen, dachte Schmalenberg, hielt sich aber mit einer Zurechtweisung zurück, um das Gespräch nicht von vornherein abzuwürgen. »Hock dich!« trug er mit seiner gespielt jovialen Art ein wenig zu dick auf.

Ulrike erhob sich und reichte dem Jungen freundlich lächelnd die Hand. »Bohlmann; das ist Hauptkommissar Schmalenberg! Sie sind sicherlich der Lehrling von der Autowerkstatt?« Sie deutete auf einen noch freien Stuhl an ihrem Tisch. »Wie ist denn Ihr Name, wenn ich fragen darf?«

»Eduard Danielczyk; mit Ze-zett!« Trotz seines ölverschmierten Overalls nahm er bereitwillig Platz, es blieb aber eine Mischung aus Mißtrauen und Feindlichkeit in seinen Augen.

»Ihr Büro ist aber was merkwürdig! Aber immerhin noch besser als der Kasten am Waidmarkt.«

»Sie müssen entschuldigen, daß wir die Vernehmung heute hier stattfinden lassen«, versuchte Ulrike, sich zu rechtfertigen. »Das ist eine Ausnahme. Unser Büro im Kommissariat wird zur Zeit gestrichen. Ich hoffe, Sie haben dafür Verständnis.«

»Is schon okay. Wie haben Sie eigentlich meinen Chef rumgekriegt, mich an einem stinknormalen Arbeitstag hierhergehen zu lassen?«

»Wir haben ihm mit dem Finanzamt gedroht«, mischte sich Hans wieder ein.

Der Lehrling begann zu lachen, die Eisschollen bekamen einen Riß. »Mich hat nämlich gewundert, weshalb der alte Knauserkopp plötzlich so großzügig war. Sie können sich nicht vorstellen, was der für einen Terz macht, wenn ich mal zu spät komme!«

»Wie lange sind Sie schon in dieser Werkstatt beschäftigt?«

»Seit zwei Jahren und drei Monaten.« Seine Augen klebten so hungrig an den Tellern der beiden Beamten, daß Hans lautstark noch ein Frühstück bestellen mußte. Die Gesichtszüge Eduard Danielcyks erhellten sich, als ob endlich eine lange Ära der Entbehrungen zu Ende gegangen wäre.

»Und wie gefällt Ihnen diese Stelle?«

Er zögerte mit der Antwort, offenbar aus Angst vor Konsequenzen: »Wissen Sie… ich habe diesen Ausbildungsplatz erst nach vielen Bewerbungen gefunden.« Diese vorsichtige Umschreibung sprach Bände.

»Und jetzt haben Sie Angst, die Stelle zu verlieren?«

Danielczyk nickte. »Klar doch! Wenn sich mein Chef damit aus der ganzen Affäre ziehen könnte, wäre ich schon gestern geflogen!«

»Ihnen kann überhaupt nichts passieren«, versuchte Ulrike seine Bedenken zu zerstreuen, »als Azubi genießen Sie schließlich Kündigungsschutz! Außerdem ist für alles, was Sie im Betrieb machen, Ihr Chef ganz allein verantwortlich!«

»Sie haben aber ein sonniges Gemüt. Das trifft vielleicht für euch Beamtenheinis zu, aber nicht für mich. Sie glauben gar nicht, wie der mir die Hölle heiß machen kann!«

Endlich kam das Frühstück. Er pfiff sich die Brötchen mit atemberaubender Geschwindigkeit rein.

Einsneunzig brauchen schließlich Brennstoff, dachte Schmalenberg und bemerkte: »Bedienen Sie sich ruhig.« Mit diesen Worten schob er auch seinen Teller mit Aufschnitt zu ihm herüber. Fasziniert und ein wenig neidisch beobachtete Ulrike diesen hemmungslosen Appetit, schließlich mußte sie sich manche kleine eßbare Schweinerei verkneifen. »Und wie gefällt Ihnen Ihre Stelle?« startete sie einen zweiten Anlauf.

»Beschissen!« murmelte der Lehrling undeutlich, aber ehrlich und spülte sich den Mund mit einem Schluck Kaffee. »In diesem Saftladen lernt man überhaupt nichts. MMsche, na Sie wissen schon, unser Meister, ist doch auch nur son armes Würstchen!« Glücklich machte er sich über die nächste Semmel her.

»Können Sie sich noch an den cremefarbenen Mercedes der Bremers erinnern?«

»Klaro! Frau Bremer, diese aufgemotzte Klunte, kam am letzten Montag gegen elf bei uns vorbei. Wir sollten den Wagen am Volksgarten abholen, mit Fahren war ja wohl bei zwei abgestochenen Reifen nix mehr drin. Gegen Abend war die Karre dann fertig. Doktorchen hat ihn dann höchstpersönlich gefahren. Dieser alte Krümelspalter hat mir doch ganze fünfzig Pfennig Trinkgeld gegeben!«

»Darf ich Ihnen noch etwas bringen?« fragte die Spitzmaus, die ein gutes Geschäft witterte. Stehend hatte sie die gleiche Größe wie Eduard Danielczyk sitzend.

»Aber gerne! Bringen Sie mir noch mal das gleiche!« nutzte der Stift die Gunst der Stunde, und zu den beiden Beamten gewandt: »Sie dürfen mich ruhig Eddy nennen!«

Beruhigend, dachte Ulrike. »Ihr Meister hat uns erzählt, Sie hätten den Radwechsel vorgenommen?«

»Ja, das war ich!« erklärte Eddy voller Stolz, »und eins können Sie mir glauben, meine Arbeit ist besser als die von unserem verrotteten Meister!«

»Wie Sie sicherlich erfahren haben, hat sich ein Vorderrad des Wagens gelöst, was zu dem tragischen Unfall geführt hat.«

»Na und?«

»Sie sind vielleicht ein Witzbold!« wies ihn Ulrike böse zurecht. »Hier ist ein Mensch durch eine grobe Fahrlässigkeit tödlich verunglückt, und Sie fragen na und!«

»Völliger Stuß!« wehrte sich Eddy vehement. »Ich habe zwar

in diesem Scheißladen nicht viel gelernt, aber wie man ein Rad richtig montiert, das habe ich drauf!«

Nach weiteren drei Minuten war auch das nächste Frühstück verschwunden.

»Und woher nehmen Sie die Sicherheit, daß Ihnen diesmal kein Fehler unterlaufen ist?«

»Das ist mir noch nie passiert«, antwortete Eddy unsicher, »ich habe die Schrauben ganz fest…«

»So, so! Nur weil Ihnen das noch nie passiert ist und Sie den Radwechsel so gut drauf haben?«

»Mm. Außerdem hat MMsche noch einmal nachgeprüft, ob auch alles in Ordnung ist.«

»Aber gerade eben haben Sie ihren Meister einen verrotteten Trottel genannt und behauptet, Ihre Arbeit sei ohnehin besser!«

»Nun sind Sie mal nicht kleinlich«, verteidigte sich Eddy, »das habe ich nicht so gemeint.«

»Ich glaube«, nahm ihn Hans von der anderen Seite in die Zange, »dir ist bei der ganzen Mampferei nicht ganz klar, was für eine Tragweite deine Aussage hat? Das ist hier keine Spielwiese, sondern eine Vernehmung!«

»Urps!« Vor Schreck entstieg Eddy ein Rülpser mit dem Geruch nach saurer Milch. »Kann ich eine Zigarette bekommen, Herr Kommissar?«

Hans schob ihm seine Camel-Schachtel zu. »Bitte!«

Eddys Hände zitterten leicht. »Das Essen wird wohl der Fiskus übernehmen?« versuchte er abzulenken. »Ich habe nämlich keine Kohle.«

»Darum brauchst du dir keinen Kopf zu machen, »antwortete Ulrike generös, »denk lieber darüber nach, wie du dich aus dieser Affäre ziehen kannst!«

»Wenn mich mein Chef hängen läßt, dann packe ich aus!« drohte Eddy. »Dann werde ich alles über seine kleinen Nebengeschäfte erzählen!«

»Na bitte! Warum denn nicht gleich so!« bemerkte Schmalenberg in väterlichem Ton. »Ich sehe schon, wir verstehen uns! Willst du vielleicht noch ein Frühstück?«

»Nee danke!« Eddy fühlte sich wie ein weichgekochtes Ei.

8.

»Hans, was meinst du? Haben wir den Eddy vielleicht etwas zu hart angefaßt?«

»Gott, so schlimm war es nicht! Ich glaube, er wird sich schon von seinem Schreck erholen!«

Schmalenberg steuerte den Dienstwagen an einer kleinen Baumgruppe vorbei auf das städtische Krankenhaus zu. Ein graubrauner Betonklotz, Symbol neuer Medizinarchitektur, tauchte bedrohlich vor ihnen auf. Der Parkplatz war an diesem frühen Nachmittag hoffnungslos überfüllt. Besuchermassen strömten dem dunklen Haupteingang zu, der von einer gewaltigen Rampe überragt wurde, auf die gerade ein Rettungswagen zugeschossen kam. Diese Zufahrt hatte Ähnlichkeit mit der eines Flughafens, nur daß die Hinweise *Arrival* und *Departure* fehlten.

»Besonders einladend sieht dieser Gesundheitspalast nicht gerade aus.«

»Funktionalität ist Trumpf!« erwiderte Schmalenberg und drückte schweren Herzens seine Zigarette aus. Wann würde er wohl die nächste Gelegenheit zum Rauchen bekommen?

Ulrike überließ ihm kommentarlos das mühselige Geschäft des Einparkens und machte sich unterdessen frisch: das Lippenrot wurde nachgezogen, der Lidstrich erneuert und die Nase geputzt.

Scheppernd öffneten sich die vollautomatischen Glastüren, als sie die abgewetzte Gummimatte vor der Eingangstür betraten.

Das Foyer, erfüllt vom Geruch nach muffigen Betten und parfümiertem WC-Reiniger, gehörte zu dieser Tageszeit den Patienten und ihren Angehörigen, eine bizarre Kulisse. Offenbar in Ermangelung einer Cafeteria drängelten sich die Gipsbeine und Bademäntel auf den wenigen Plätzen, während die Besucher mit Stehplätzen vorlieb nehmen mußten.

»Die Besitzer des Bauchladens da drüben machen ganz gute Kasse«, flüsterte Ulrike und deutete auf die Menschentraube vor dem kleinen Verkaufsbüdchen, das von erlesenen Süßigkeiten für die Zuckerkranken über zarte Blumengebinde für die Heuverschnupften bis hin zu Fruchtsäften für die frisch am Magen Operierten alles verkaufte, womit man Kranken eine wirkliche Freude machen konnte.

»Und nicht nur zur Besuchszeit!« ergänzte Hans. »Vermutlich machen diese Läden genausoviel Kohle wie die Chefärzte!«

Einige Patienten verfügten in dieser Umgebung über ein verblüffendes Maß an Offenheit. Körperteile, deren Anblick üblicherweise der Allgemeinheit rücksichtsvoll erspart blieb, wurden jetzt mit stolzem Hinweis auf frische Operationswunden den staunenden Verwandten präsentiert. Während an der einen Tischseite Narbenlängen miteinander verglichen wurden, hielt auf der anderen Seite ein Patient eine blutgefüllte Vakuumflasche in die Höhe, um einen Beweis für sein gutes Heilfleisch zu liefern.

»Ist dir nicht gut, Ulrike?!« fragte Hans scheinheilig seine hartgesottene Kollegin, die beim Anblick des ganzen Leids eine weißliche Gesichtsfarbe angenommen hatte.

»Ich hasse Krankenhäuser!« stellte Ulrike angewidert fest. »Wie kann man nur in einer solch maroden Umgebung arbeiten?«

Als nun auch noch ein gebückt trippelnder Greis seine kalte Hand auf ihren Unterarm legte und sie zahnlos lächelnd nach seiner Station fragte, war es für sie zuviel. Aus der rechten Tasche seines verschlissenen Bademantels lugte der *Express*, an der linken zog schwer ein durchsichtiger, halbgefüllter Gummibeutel, dessen Zulauf offensichtlich mit einer sehr ergiebigen Quelle unter dem Mantel in Verbindung stand. Sie steuerte in die Richtung der Aufzüge, um dem Alten zu entkommen.

»Warte doch!« rief Hans seiner vorauseilenden Kollegin nach. »Wo willst du denn hin?«

»Ich denke, wir waren uns darin einig, die Station zu besuchen, auf der Dr. Bremer früher gearbeitet hat?«

»Meinst du nicht, es wäre ratsamer, zuerst den Chef, diesen Professor Eichstätt, aufzusuchen?« fragte Schmalenberg vorsichtig an. »Grundregel Nummer eins: Nie den Chef einer Krankenhausabteilung übergehen, sonst gibt es Ärger!«

»Meinetwegen«, stimmte sie bereitwillig zu, weil ihr immer noch etwas flau im Magen war, »aber laß deine blöden Belehrungen!«

»Bei diesem ganzen Chefarzt- und Professorentheater fällt mir gerade ein Witz ein.«

»Na und?« fragte Ulrike ungeduldig. Ihr war klar, daß an ein Weitergehen nicht eher zu denken war, bis Hans diesen Witz zum Besten gegeben hatte. »Ja, dann erzähl schon!«

»Treffen sich eines schönen Tages zwei Oberärzte im Bauch eines Chefarztes. Fragt der eine seinen Kollegen: Du, hat er dich auch gefressen? Nee, antwortet der andere, ich komme von unten!«

Im Seitentrakt des Gebäudes folgten Bohlmann und Schmalenberg der Beschilderung, bis sie schließlich vor einer Tür mit der Aufschrift »Professor Eichstätt – Sekretariat – Eintritt nur nach Aufforderung« standen. Selbstverständlich ignorierte Hans diese Botschaft und betrat das Vorzimmer.

»Verzeihen Sie bitte die Störung, aber…« Weiter kam er nicht mit seiner freundlichen Ouverture.

»Können Sie nicht lesen!« dröhnte ihn barsch die Stimme einer Frau an. »Warten Sie bitte draußen! Ich bin gerade beschäftigt!«

Hans, der zu gern gesehen hätte, wem dieses gewaltige Organ gehörte, wurde von seiner Kollegin in den Flur zurückgezogen.

»Geduld, Hans! Bitte keinen Ärger!«

»Schon gut, schon gut! Ich warte!«

Durch die halbgeöffnete Tür konnten sie einen geschniegelten jungen Mann im schwarzen Anzug sehen, der kerzengerade in der Mitte des Raumes stand und sich brav von der Sekretärin runterputzen ließ.

»Was meinen Sie, wie viele Leute hier täglich anrufen und den Chef sprechen wollen!? Wir haben jeden Tag etwa fünfzehn Bewerbungen, schauen Sie sich nur diesen Stapel an!«

Man hörte ein bedrohliches Klatschen, als ob ein blankes Hinterteil gezüchtigt würde.

»Ja, aber…«

»Haben Sie denn immer noch nicht begriffen? Wir sind besetzt, und in absehbarer Zeit wird auch keine Stelle frei!«

»Aber Herr Professor hat mir doch vor zwei Jahren…«

»Jetzt fangen Sie schon wieder an!«

»Ich bin auch promoviert!«

»Hier haben sich sogar schon fertige Fachärzte beworben!«

»Wenigstens einen… Vorstellungstermin bei Herrn Professor?« Mit jeder Entgegnung wurde seine Stimme unsicherer.

»Nein!«

»Darf ich nicht vielleicht meine Unterlagen hierlassen?«

»Wozu?! Damit ich Ihnen den ganzen Krempel nachschikken muß? Nein danke!« Die elektrische Schreibmaschine begann wieder zu rattern. »Worauf warten Sie noch? Ich kann nichts für Sie tun! Rufen Sie bitte den nächsten herein!«

Sein höfliches »Auf Wiedersehen« blieb unbeantwortet, als er das Sekretariat verließ.

Nachdem das Häufchen Elend an den beiden Kommissaren vorbeigekrochen und um die Ecke verschwunden war, stellte Hans nüchtern fest: »Ich glaube, die Akademiker haben den Zenit ihrer Wertschätzung überschritten!«

»Hans, jetzt mach dich nicht auch noch lustig! Du bist ein Arsch!« schnauzte ihn Ulrike an, am liebsten wäre sie diesem jungen Mann nachgegangen und hätte ihn getröstet.

»Ich hasse diese opportunistische Anbiederei! Selbst wenn man arbeitslos ist und auf Stellensuche geht, sollte man sich nicht so erniedrigen lassen!«

»Der nächste, bitte!! Ich habe nicht viel Zeit!« unterbrach die Sekretärin mit der liebenswürdigen Stimme einer Marktfrau, der niemand ihre verfaulten Kartoffeln abkaufen will.

Als Bohlmann und Schmalenberg das Zimmer betraten, zog sich die Sekretärin gerade den Kopfhörer herunter und stellte das Diktaphon ab. Eine große, eine mächtige Person, unter deren Last der Scheibtischstuhl stöhnte. Die Brille hatte sie auf ihrer beachtlichen Oberweite abgelegt, ein an den Bügeln befestigtes Kettchen, das ein Abrutschen verhindern sollte, war sicherlich überflüssig.

»Was kann ich für Sie tun?« fragte sie ausnehmend freundlich, plötzlich war die Härte einer Drahtbürste in ihrer Stimme verflogen, sie begann sogar zu lächeln.

»Bitte verzeihen Sie, wenn ich eben vielleicht etwas grob gewesen sein sollte, aber das war heute schon der siebte Mediziner auf Stellensuche. Sie können sich nicht vorstellen, wie lästig das auf die Dauer werden kann! Dagegen sind die Pharmareferenten ja Waisenkinder!«

»Zu Ihrer Beruhigung: wir sind keine Mediziner, hätten aber trotzdem gern Ihren Chef gesprochen!«

»Und in welcher Angelegenheit, wenn ich fragen darf?«

»Wir sind von der Kriminalpolizei. Darf ich vorstellen, Frau Bohlmann. Mein Name ist Schmalenberg.«

Ihr entwich ein spontanes »Oh«, ehe sie im Terminkalender zu blättern begann. »Kommen Sie etwa wegen seines Schwiegersohnes? Ein furchtbarer Unfall! Und der junge Herr Doktor war ja so ein lieber Mensch! Furchtbar, ganz furchtbar! Um sechzehn Uhr. Ja, um sechzehn Uhr ist Herr Professor wieder da. Wäre Ihnen das recht, sonst könnte ich Ihnen erst übermorgen…«

»Geht es nicht vielleicht doch etwas früher, wir müssen möglichst schnell zurück!« log Ulrike, die keine Minute länger als nötig in diesem Krankenhaus bleiben wollte.

»Aber wenn ich Ihnen doch sage, daß der Herr Professor erst um…«

In diesem Moment betrat ein drahtiger, braungebrannter Mann das Vorzimmer, ohne von Bohlmann und Schmalenberg auch nur Notiz zu nehmen. »Hat jemand für mich angerufen?«

»Nein, Herr Professor! Herr Arnold wollte Sie nur noch einmal sprechen.«

»Für ihn habe ich in der nächsten Woche keine Zeit mehr. Richten Sie ihm das bitte aus!«

Er wollte gerade in seinem Arbeitszimmer verschwinden, als

Bohlmann ihre Chance witterte und charmant fragte: »Sind Sie Professor Eichstätt?«

Statt darauf einzugehen, erkundigte sich Eichstätt bei seiner Sekretärin: »Hatten diese Herrschaften einen Termin?«

»Nein, Herr Professor! Frau Bohlmann und Herr Schmalenberg sind aber von der Kriminalpolizei und hätten Sie gern für einen Moment gesprochen. Es geht um ihren Schwiegersohn!«

»Dann kommen Sie herein, ich habe aber nicht viel Zeit!«

Wortlos gingen sie an ihm vorbei und traten in das protzig ausgestattete Arbeitszimmer, dessen riesige Regalwand auf der rechten Seite kaum die vielen Bücher fassen konnte. Dieser offenbar belesene Professor unterstrich seine Bedeutung als medizinische Kapazität durch zahlreiche Fotografien, die über dem Schreibtisch hingen und ihn zusammen mit namhaften Kollegen aus der ganzen Welt zeigten. Schmalenberg wußte diesen Anblick nicht so recht zu würdigen, schließlich erkannte er niemanden, außer Professor Barnard natürlich, der sich aber wiederum mit jedem ablichten ließ.

»Bitte nehmen Sie doch Platz!«

Eichstätt, etwa Ende fünfzig, war einen Kopf kleiner als seine Tochter Sybille. Auf der für das leicht aufgedunsene Gesicht unproportioniert großen Nase ruhte eine Lesebrille, die dieser Person im korrekt gestärkten Hemd mit Fliege und weißem Kittel das Aussehen eines sympathischen »Onkel Doktors« verlieh.

Er macht eigentlich einen ganz angenehmen Eindruck, wunderte sich Schmalenberg, der sich noch lebhaft an das verunglückte Telefonat unter der Plastikplane erinnern konnte. Vielleicht habe ich ihm unrecht getan.

Aber schon die nächsten Worte ließen die scharfe Zunge eines bissigen, vergrämten alten Mannes erkennen und belehrten Hans eines Besseren: »Was wollen Sie von mir?«

»Wir möchten Ihnen zunächst einmal zum Ableben…«

»Zur Sache!« wurde Bohlmann jäh in ihrer höflichen Rede unterbrochen. »Sie sind wohl kaum hierher gekommen, um mir zu kondolieren!«

Hans unterlegte seine Stimme mit einer gewissen Kälte: »Ich

spare mir Details. Ihnen ist der Sachverhalt ja bekannt! Zwar hat Ihr Schwiegersohn einen Unfall erlitten, es ist aber nicht auszuschließen, daß an dem Wagen manipuliert wurde. Hatte Dr. Bremer Feinde?«

»Nun mal halblang, junger Freund! Mein Schwiegersohn ist oder besser war eine über jeden Zweifel erhabene Persönlichkeit und ein sehr angesehener Mensch. Ich weiß nicht, wie Sie einen solchen Unsinn behaupten können, es handele sich bei diesem Unfall um ein Verbrechen. Es liegt doch wohl auf der Hand, daß diese Autowerkstatt den hochgeschätzten Kollegen auf dem Gewissen hat!?«

»Herr Eichstätt«, Schmalenberg vermied bewußt den Professorentitel, prompt rutschte Eichstätt auch ganz ärgerlich in seinem Sessel hin und her, »solange wir nicht sicher nachgewiesen haben, daß allein die Werkstatt für die fehlerhafte Montage der Räder verantwortlich ist, dürfen wir ein Tötungsdelikt nicht ausschließen!«

»Ein völlig abwegiger Gedanke! Ich kenne Thomas seit seinem Eintritt in meine Burschenschaft, deren Treffen ich als Alter Herr noch regelmäßig besuche. Sie müssen wissen, eine einmal geschlossene Männerfreundschaft stirbt nie!«

Mit diesem Gemeinplatz lehnte sich Professor Eichstätt zurück, faltete andächtig seine Hände und fragte mehr zu sich selbst: »Wer sollte einem so vielversprechenden, bei allen sehr beliebten Talent nach dem Leben trachten? Sein Tod ist ein furchtbarer Verlust für uns alle, seine Freunde, seine Familie und natürlich auch für seine Patienten, denen er immer ein enger Vertrauter war.«

Schmalenberg und Bohlmann warfen sich flüchtige Blicke zu.

In Eichstätts Gesicht trat ein Anflug von Sentimentalität, sein Tonfall war aber nicht weniger scharf, als er fortfuhr: »Ich meine, das ist jetzt für Sie Information genug!«

Mit Widerspruch scheint dieser Mann nicht oft zu rechnen, mutmaßte Hans, verzichtete aber auf eine Konfrontation, schließlich stand die Beerdigung des Schwiegersohnes unmittelbar bevor.

»Und noch eines, junger Mann und Sie, Frau Bohlmann!« Der Professor hielt offenbar gern Monologe, der drohende Unterton in seiner Stimme war nicht zu überhören. »Sollte der Name meines Schwiegersohnes oder meiner Familie in irgendeiner Weise bei Ihren Nachforschungen in den Schmutz gezogen werden, machen Sie mich zu Ihrem erklärten Feind! Ich hoffe, Sie haben mich verstanden!«

Das war selbst Bohlmann nun doch etwas zuviel. »Herr Eichstätt«, auch sie reagierte pikiert, »in Anbetracht des Trauerfalles in Ihrer Familie habe ich Ihren Unverschämtheiten bislang keine Beachtung geschenkt, jetzt reicht es aber! Sie hören noch von uns!«

Ärgerlich erhoben sich die beiden Beamten und verließen mit einem schlichten »Guten Tag« den Raum. Eichstätt ließ sie kommentarlos ziehen.

Offenbar konnte die von draußen lauschende Sekretärin nicht schnell genug das Weite suchen, denn sie bekam noch einen Schubs durch die von Schmalenberg geöffnete Tür. Eine peinliche Situation.

»Ist Ihr Chef immer so gut gelaunt?« fragte Bohlmann die Sekretärin, nachdem die Tür zu Eichstätts Zimmer verschlossen war.

»Bitte sehen Sie ihm seine rüde Ausdrucksweise nach, aber der Todesfall... und der Klinikbetrieb geht ja auch schließlich weiter. Was den Chef aber heute morgen sehr aufgebracht hat, war ein Assistenzarzt. Dr. Bremer ist noch nicht bestattet, da belästigt er den Professor ohne jedes Gespür für die Situation, ob er nun die ihm versprochene Stelle bekäme. Können Sie sich das vorstellen?! Der junge Mann hätte mit seinem Auftreten beinahe seine sichere Einstellung verspielt!«

»Das geht aber auch nicht«, stimmte Schmalenberg zu. Trotzdem keine Entschuldigung, seine schlechte Laune wegen der Taktlosigkeit eines anderen an uns auszulassen, dachte er.

9.

Söns war an diesem Morgen nicht im Café Fleur erschien, obwohl ihn Schmalenberg ganz höflich und ohne die üblichen spitzen Bemerkungen dazu eingeladen hatte. Der geniale Kommissar hält wieder Hof, aber ohne mich, dachte Söns und beobachtete dösend eine Spinne, die gerade in der Zimmerecke mühsam ihr Netz zu reparieren versuchte. Sie fühlte sich offensichtlich wohl in diesem baufälligen Nachkriegsgemäuer. Söns ließ wieder seine Gedanken schweifen... Gott sei Dank war wenigstens ich im Büro, als dieser anonyme Anruf kam. Wer weiß, ob dieser merkwürdige, unbeholfene Typ ein zweites Mal den Mut aufgebracht hätte, sich wieder zu melden. Seltsam! Für lumpige dreihundert Mark die Reifen zu zerstechen. Wenn er geschnappt worden wäre, säße er jetzt ganz schön in der Tinte...

Die Spinne hatte ihre Reparaturarbeiten beendet und zog sich in einen kleinen Mauerriß zurück. Söns ärgerte sich über Schmalenberg, der sich seiner Meinung nach im Café einen Lenz machte, während die Ermittlungen auch ohne ihn weiterliefen. Später stünde er dann wieder als der geniale Fahnder da... »Scheißkerl!« schimpfte er halblaut.

»Wie bitte?« fragte ein Mann im weißen Kittel.

»Oh Verzeihung!« entschuldigte sich Söns, »ich meinte natürlich nicht Sie! Ich war nur in Gedanken!«

»Schon gut!« antwortete der Arzt am anderen Schreibtisch und wandte sich wieder seinen Krankengeschichten zu. Er hatte dem jungen Beamten das Arztzimmer für eine Akteneinsicht und einige Telefonate zur Verfügung gestellt.

»Beim täglichen Kampf gegen das Verbrechen rutscht einem schon mal was von den Lippen!« erklärte Söns.

»Wie heroisch!« murmelte ironisch der Stationsarzt der Tuberkulosestation der Universitätsklinik, Haus 16.

Söns versank wieder in Gedanken. Bis zu diesem Morgen hatte er mit seinen Recherchen um die Identität des Tippelbruders keine große Eile gezeigt. Was sollte er sich ein Bein ausreißen, wenn das Ergebnis ohnehin niemand zu interessieren schien.

Erst im Gespräch mit seiner Freundin war ihm plötzlich die Idee gekommen, daß seine Vorgesetzten durchaus ein großes Interesse an seinen Ermittlungen haben könnten. Nicht etwa weil man diesem Tippelbruder eine besondere Bedeutung beimaß, sondern weil ihm mit dieser Aufgabe auf den Zahn gefühlt werden sollte. Nicht nur Schmalenberg, auch die anderen Figuren im ersten Kommissariat standen seiner Person und seinen Fähigkeiten eher mißtrauisch gegenüber, da er ja die Kommissaranwärterstelle nur über Beziehungen bekommen hatte. Die Kanalarbeiter wollten ihn auf elegante Weise hinausbefördern. Warum sonst wäre ausgerechnet ihm als Anfänger die Klärung der Identität des Toten übertragen worden, wo doch üblicherweise die Kollegen von der Vermißtenstelle dafür zuständig waren? Ein Anruf dort bestätigte seinen Verdacht. Die Jungs vom zweiten Kommissariat hatten in den vergangenen beiden Jahren so effektiv gearbeitet, daß nur ein einziger Fall nicht aufgeklärt werden konnte: ein in Zeitungspapier eingewickeltes Baby, das man in einem Papierkorb gefunden hatte. Wie dämlich stünde er also da, wenn er mit seiner Aufgabe kläglich scheitern würde…

Durch diesen gedanklichen Hammelsprung endlich motiviert, hatte sich Söns an diesem Morgen auf die Socken gemacht. Sein erster Weg führte ihn zum Melatengürtel in die rechtsmedizinische Abteilung, um sich dort die Leiche des Tippelbruders anzusehen. Zu seinem großen Glück hatte er ausreichend gefrühstückt, denn als er die Obduktionshalle im Keller betrat, stieg ihm der Geruch von Verwesung und Formalin in die Nase, was seinem sensiblen Magen fast den Rest gegeben hätte.

Wie kann ein Arzt, der sich doch mit seinen Studien dem Helfen und Heilen verschrieben hat, nur in einer solch morbiden Umgebung landen, dachte Söns, als die Kühlbox geöffnet wurde und unter großem Poltern die Zinkwanne mit der Leiche des Tippelbruders herausrutschte. Da lag nun dieses traurige Häufchen Elend mit eingeschlagenem Schädel: Steif und nackt.

Schwarz geränderte Fingernägel, graue, fettige, in Strähnen herunterhängende Haare, ein eingefallenes Gesicht mit hervorstehenden Backenknochen und einem, wie Söns dachte, für heutige Zeiten modischen Drei-Tage-Bart. Eine völlig verwahrloste Gestalt, die lebend nicht anders gerochen haben mochte als jetzt...

Laut Obduktionsbericht hatte dieser Unbekannte zum Zeitpunkt seines Todes ca. 2,1 Promille im Blut. Stolz erklärte ein Gerichtsmediziner noch einmal das Verfahren, mit dem der Blutalkoholgehalt vom Zeitpunkt der Untersuchung bis zum Todeseintritt intra- oder so ähnlich poliert werden konnte. Die Bemerkung des über seinen eigenen Witz lachenden Mediziners, daß ein Raubmord wohl auszuschließen sei, hatte Söns geflissentlich überhört. Der Tote wies eine auffällige Narbe an der linken Wange auf, der rechte vordere Schneidezahn fehlte. Am linken Bein waren noch die Spuren eines schlecht verheilten Knochenbruchs erkennbar, der zu einer sichtbaren Beinverkürzung geführt hatte. Die Person mußte beträchtlich gehinkt haben. Interessanterweise hatte der Tote vor nicht allzulanger Zeit eine schwere Tuberkulose, was aber für einen Alkoholiker nicht gerade selten war.

Nur zu gern hätte Söns auch einen Blick auf die Leiche des Dr. Bremer geworfen, da kam er jedoch zu spät. Der Tote war bereits am Mittwochabend von der Staatsanwaltschaft freigegeben und wenig später abgeholt worden.

Söns mußte bei der Vorstellung grinsen, daß hier die Repräsentanten zweier völlig verschiedener Welten, wenn auch nur für kurze Zeit, in trauter Eintracht nebeneinander lagen...

Mit dem endgültigen Obduktionsbericht bestückt, die Röntgenbilder der Lunge und des linken Unterschenkels in der Tasche, tauschte er noch die zu solchen Anlässen üblichen Dankes- und Höflichkeitsfloskeln mit dem Rechtsmediziner aus und fuhr in das Kommissariat zurück. Dort startete er eine Telefonaktion mit den Sozialämtern der Stadt, um so vielleicht etwas über seinen Mister X herauszufinden. Vergeblich.

Die fleißigen Beamtenbienen hatten keinerlei Informationen über eine Person mit den von ihm beschriebenen Charakteristika.

Später verglich er die Kartei der in den letzten Tagen als vermißt gemeldeten Personen mit der Beschreibung aus den Unterlagen der Rechtsmedizin. Auch dieser Weg verlief im Sande. Weder Alter noch Äußeres waren auch nur annähernd der gesuchten Figur ähnlich. Söns wollte auf jeden Fall vermeiden, mit dem Bild und der Beschreibung des Gesuchten durch die einschlägigen Viertel Kölns zu geistern und sich damit dem Gespött der Penner auszusetzen.

So suchte er den Pater Franziskus aus der Annostraße auf, der mittlerweile schon zu einer Berühmtheit geworden war. Dieser Gottesmann hatte sich schon seit Jahren in selbstloser Weise der Sache der Ausgestoßenen und Obdachlosen angenommen und kannte sich wie kaum ein anderer in dieser Szene aus. Zwar erkannte der aufgeschlossene Pater in der Beschreibung des Toten einen seiner Kunden wieder, seinen Namen wußte er jedoch nicht. Wie schon bei vielen Trebegängern zuvor hatte Pater Franziskus auch hier vergeblich versucht, seine Schlafstätte zu einem Heim und Zufluchtsort werden zu lassen. Der Tote ließ sich aber nicht in ein geordnetes System eingliedern, sondern zog wie viele andere kalte Parkbänke und zugige Hauseingänge als Schlafgelegenheiten vor.

Fast wollte Söns seine Arbeit für diesen Tag beenden, als er sich zu einem Bier mit Bockwurst unter dem grauen Himmel zwischen Groß St. Martin und dem Rhein niederließ. Er schrieb ein Gedächtnisprotokoll von den verschiedenen Stationen und Gesprächen, ging noch einmal den Obduktionsbericht durch. Da kam ihm plötzlich der geniale Einfall. Tuberkulose war das Stichwort! In Köln gab es nicht viele Stellen, wo eine TBC behandelt werden konnte…

»Wenn Sie schlafen wollen, dann gehen Sie doch nach Hause!« riß ihn der Arzt aus seinen Träumen.

»Wie bitte?« fragte Söns völlig verdattert. Ihm war entgangen, daß er bereits seit längerem beobachtet wurde. »Ähm, ich… ich denke nach! *Mein Gehirn treibt öfters wunderbare Blasen auf!«*

Der Stationsarzt konnte mit diesem Zitat aus Schillers »Don Carlos« nicht viel anfangen und tippte sich nur mit dem Zeigefinger kopfschüttelnd an die Stirn.

Söns war es in diesem Moment egal, ob er für einen notorischen Spinner gehalten wurde, er hatte schließlich den Namen des Tippelbruders gefunden! »Karl Hartmann« stand da in der Krankenakte zu lesen, geboren am 17. 6. 1930. Dieser chronisch Alkoholkranke, wie es nüchtern in der Krankengeschichte hieß, hatte zudem eine »schwere Leberzirrhose« und ein »therapieresistentes Asthmaleiden«. Mehr als vier seiner letzten Monate war er auf dieser Station behandelt worden und hatte sich wenigstens hier nicht mehr um eine geregelte Mahlzeit und frische Wäsche zu sorgen brauchen. Was für eine arme Socke! dachte Söns. Wer mag dieses traurige Etwas wohl auf dem Gewissen haben?

10.

Der Aufzug kam, die Tür öffnete sich. Ein altes Mütterchen stieß Schmalenberg zur Seite und drängelte sich vor. Er blieb aber höflich. »Darf ich Ihnen helfen?«

»Oh! Das ist aber lieb von Ihnen, mein Herr! Gutes Benehmen ist heutzutage so selten geworden. Ich möchte auf die Station sechzehn!«

»Kein Problem!« Hans drückte die von der Frau gewünschte Station und grinste freundlich zurück.

»Ach wissen Sie...« Sie spielte das arme beschützenswerte Wesen, als sie ihre zittrige, sommerbesproßte Hand auf seinen Arm legte. »Ich kenne mich hier überhaupt nicht aus. Ich bin so selten im Krankenhaus. Sehen Sie...« Unentwegt zupfte sie an Schmalenbergs Lederjacke. Allmählich wurde sie ihm lästig. »Ja sehen Sie, wenn man wie ich einen Hund hat, dann braucht man keinen Arzt und auch kein Krankenhaus.«

Hans entzog ihr mit einem Ruck seinen Arm und zischte ihr barsch ins Ohr: »Es sei denn, Sie werden von ihm gebissen!«

Hunderte von solchen alten Damen waren ihm plötzlich im Geiste erschienen, die ihre fetten Möpse reine Kamelle auf die Trottoirs scheißen lassen. Die Alte schwieg beleidigt.

Nach einigen Stationen hielt der Lift in der vierten Etage. Ein kleiner Junge rief vor dem Öffnen der Tür: »Damenoberbekleidung! Strümpfe! Kosmetika und Strickwaren!«

Er wurde von seiner Mutter zur Ordnung gerufen.

»Sind Sie hier der Stationsarzt?« fragte Schmalenberg einen jungen Mann im weißen Kittel, der ein kleines Tablett mit Desinfektionsflasche, Tupfern, Stauschlauch und Spritze über den Flur der Station zwölf balancierte.

»Nein, ich bin hier nur der zweite Mann. Meinen Kollegen Grundmann finden Sie da drüben im Arztzimmer!«

Noch bevor Hans eine weitere Frage stellen konnte, war der blonde Jungmediziner auch schon in einem der Zimmer verschwunden. Auf dem Flur herrschte reges Treiben. Besucher schlenderten vorbei, bepackt mit kleinen Geschenken und Blumensträußen auf der Suche nach ihren Verwandten. Eine

Schwesternschülerin beugte sich über den Kurvenwagen und trug die gerade gemessenen Blutdruck- und Temperaturwerte in die Krankenakten ein. Am anderen Ende wurde unter großem Scheppern Kaffee und Kuchen ausgeteilt.

»He, Sie da!« rief eine Schwester einem Besucher zu. »Ihre Topfpflanze müssen Sie aber wieder mitnehmen. Blumenerde ist ein gefährlicher Bakterienherd und hat im Krankenhaus nichts zu suchen!«

Hier herrschte ein strenges Regiment.

Bohlmann und Schmalenberg betraten das Arztzimmer, nachdem sie von drinnen ein gedämpftes »Ja, bitte« hörten.

»Dürfen wir Sie einen Moment stören?«

»Sie stören nicht!« antwortete der Arzt hinter seinem Schreibtisch, diktierte aber munter weiter in seine Stenorette. »... trotz des fortgeschrittenen Alters der Patientin und der Schwere ihres Grundleidens konnten wir Frau F. jedoch in erstaunlich gutem Allgemeinzustand und nahezu beschwerdefrei in Ihre geschätzte hausärztliche Weiterbehandlung entlassen. Mit freundlichen Grüßen Grundmann, Oberarzt und Chef. Danke, das wars!«

Der hagere, bleichgesichtige Mediziner Anfang dreißig ließ das Tonband zurückspulen, stellte das Gerät ab und klappte die Krankenakte zu. »Eine lästige Geschichte, diese Arztbriefe. Die Niedergelassenen lesen unseren Sermon, wenn überhaupt, sowieso nur flüchtig. Aber bitte, nehmen Sie doch Platz! Was kann ich für Sie tun?«

»Bohlmann! Das ist mein Kollege Hauptkommissar Schmalenberg! Wir sind von der Kripo.«

»Ach!« Das freundlich lächelnde Gesicht verfinsterte sich. »Ich habe nicht viel Zeit!«

»Aber eben meinten Sie doch...«

»Wenn es um meine Patienten geht, ja.«

»Nicht für die Polizei?«

»Sie treffen den Punkt! Von Ihren lieben Kollegen habe ich die Nase gestrichen voll!«

»Nicht jeder Polizist ist für eine Uranwiederaufbereitungsanlage oder eine neue Startbahn! Außerdem gibt es in Ihrem Berufsstand ja auch schlimme Finger!« konterte Schmalenberg.

Auf einmal begann Grundmann wieder zu lächeln. »Ich sehe schon, wir verstehen uns!« Er zeigte wieder seine anfängliche Freundlichkeit. »Ich hatte gestern einen schlimmen Nachtdienst und bin ein bißchen gereizt. Entschuldigen Sie! Dafür hole ich uns jetzt einen Kaffee.«

Noch bevor Hans und Ulrike widersprechen konnten, war er auch schon verschwunden und ließ die beiden in dem kahlen Raum zurück. Zwei Schreibtische aus Metall, davor unbequeme, selbstverständlich weiße Plastikstühle, eine Untersuchungsliege und ein Aktenschrank sorgten für eine keimfreie Umgebung.

»Dagegen nimmt sich unser Büro wie ein gemütliches Wohnzimmer aus!« bemerkte Ulrike. Die wenigen Farbtupfer wie der Kalender mit einer schlafenden Frau unter einer mexikanischen Pyramide und die Uhr waren Geschenke der Pharmawerbung.

Die Tür wurde wieder geöffnet.

»Besonders einladend sieht unser Arbeitszimmer nicht gerade aus«, bemerkte Grundmann, dem nicht entgangen war, worüber sich die beiden gerade unterhalten hatten, »aber mein Chef hat uns jeglichen Schnickschnack untersagt und meinte damit wohl Blumen oder Bilder.« Er stellte das Tablett mit den drei Tassen auf seinen Schreibtisch. »Bedienen Sie sich!«

»Danke!« Ulrike nippte an dem scheußlich schmeckenden Krankenhausgebräu. »Der tut gut!«

Grundmann mußte über Bohlmanns gute Erziehung schmunzeln. »Geben Sie ruhig zu, daß dieser Kaffee eine Katastrophe ist, aber er kommt von Herzen.« Mit einem befreienden »So« ließ er sich in seinen Stuhl fallen und verschränkte die Arme. »Was kann ich also für Sie tun?«

»Sie haben doch bis vor kurzem mit Dr. Bremer zusammengearbeitet. Können Sie vielleicht etwas über seine Arbeit oder seine Person sagen? Nach dem, was wir bisher erfahren haben, schien er ja ein vorbildlicher Mensch gewesen zu sein.«

Grundmann begann schallend zu lachen. »Von wem haben Sie denn diesen Unsinn… etwa aus der Todesanzeige?«

»Seine Frau und die Chefsekretärin halten zumindest große Stücke auf ihn.«

Grundmann schüttelte den Kopf. »Normalerweise ist es nicht meine Art, negativ über einen Kollegen zu sprechen.« Er hielt inne, um sich eine Zigarette zu drehen. »Unser Berufsstand ist ja dafür bekannt, daß keiner dem anderen auch nur ein Haar krümmt, wenn es um das Auftreten in der Öffentlichkeit geht.«

Die beiden Polizisten nickten zustimmend.

»Krankenhausintern ist das aber ganz anders! Unsere Abteilung ist dafür das beste Beispiel. Hier herrscht ein extremer Konkurrenzkampf unter den Kollegen. Jeder buhlt um die Gunst des Chefs, der diesen permanenten Streit perfekt für seine Interessen zu nutzen weiß. Kennen Sie Professor Eichstätt?«

»Wir hatten bereits das Vergnügen!« antwortete Hans und verdrehte demonstrativ seine Augen.

»Dieser Mann ist nicht ganz dicht! Aber verraten Sie mich bloß nicht!« bat Grundmann und fuhr mit einer erstaunlichen Offenheit fort: »Einer der widerlichsten Zuträger von Insiderinformationen an den Chef war neben anderen unser so hochgeschätzter Bremer, seines Zeichens Schwiegersohn und Eichstätt-Liebling.« Grundmanns Stimme wurde zunehmend erregter.

»Von ihm wurden wir übrigen Assistenten ständig überwacht. Dementsprechend groß war auch der Druck des Chefs, wenn wir einmal von der offiziellen Linie Eichstätts abwichen.«

»Welchen Druck kann ein Chef schon ausüben, wenn man erst einmal einen Arbeitsvertrag in der Tasche und die Probezeit hinter sich hat?« unterbrach ihn Schmalenberg interessiert und zündete sich eine Zigarette an. Was gab es Schöneres als eine gut laufende Vernehmung ohne Rauchverbot!

»Die Zeit der unbefristeten Arbeitsverträge ist schon lange vorbei! Jetzt wird zum Teil jedes Jahr oder alle zwei Jahre neu über eine Verlängerung des Arbeitsverhältnisses verhandelt.«

Der Arzt nippte an seinem mittlerweile abgekühlten Kaffee, seine Hände zitterten. »Stellen Sie sich einmal vor, wenn während der langen Facharztausbildung der Vertrag nicht verlängert würde! Bei der schlechten Beschäftigungssituation bei Ärzten wäre die berufliche Karriere am Ende. Wenn ein Assistent nicht richtig spurt, wird er gnadenlos kaltgestellt. So tötet man jeden Widerspruch in einer Klinik! Draußen warten ja genügend Ärzte, die für weniger Gehalt eingestellt werden können oder sogar umsonst arbeiten!«

»Herr Grundmann! Jetzt übertreiben Sie aber!« widersprach Ulrike.

»Das ist kein Witz! Mein Kollege Arnold ist sich sogar nicht zu schade, unentgeltlich zu arbeiten, da ihm die nächste freiwerdende Stelle versprochen wurde, mittlerweile seit einem halben Jahr.«

»Und wovon lebt so ein selbstloser Mediziner? Von der Hoffnung auf eine Stelle allein wird man ja nicht satt!«

»Von Schulden! Ihm steht das Wasser bis zum Hals, schließlich muß er zusätzlich noch seine Familie ernähren.«

»Aber verzeihen Sie, Herr Grundmann, wenn ich hier einmal unterbreche! Wollten Sie nicht etwas über die Person Ihres Kollegen Bremer sagen?« Das Bereden anderer Leute war Bohlmann zuwider.

»Ach ja!« Grundmann wirkte zerstreut, das Thema schien ihn aufzuwühlen. »Entschuldigung, wenn ich weiter ausgeholt habe, aber Dr. Bremer war ein entscheidender Teil dieses Systems der Unterdrückung!« Er war nervös.

»Bremer verhielt sich arrogant und war aufgrund seiner sicheren Stellung beim Chef für Kritik völlig unzugänglich. Jeder andere Assistenzarzt mit einer für die Patienten so unangenehmen Art wäre schon längst bei den Schwestern und Pflegern aufgelaufen. Fehlt dem Stationsarzt nämlich die Unterstützung des Krankenpflegepersonals, dann läuft im Betrieb nichts mehr. Hier aber konnte man Bremer durch seine engen Kontakte zum Chef nichts anhaben. Ich selbst war in einer genauso beschissenen Situation, da ich quasi alle seine Entscheidungen mittragen mußte. So wurden viele Untersuchungen trotz großer

Beschwernisse für die Patienten zum Teil unnötigerweise angesetzt, nur weil er entweder mit seiner Diagnosestellung nicht weiterkam oder aber weil er so die Liegezeiten für die Kranken verlängern konnte. Schließlich sollte ja die Belegung immer einhundert Prozent und mehr betragen. Diese rigorose Bettenpolitik mit Verlängerung der Aufenthaltsdauer war ein weiteres Mittel, sich beim Chef beliebt zu machen, für viele Patienten aber ein Todesurteil, weil sie fern von ihrer vertrauten Umgebung immer depressiver wurden und den Willen zur Gesundung verloren. Bremer hat diese Tatsache eiskalt ignoriert!«

»Herr Grundmann!« stoppte Hans den Redefluß seines Gegenübers. »Ihnen ist sicherlich klar, daß Sie in einer solch heiklen Situation nicht auszusagen brauchen, zumal Ihre Informationen eventuell vor Gericht von entscheidender Bedeutung sein könnten!«

Grundmann winkte ab, seine fahle Gesichtsfarbe war einer erregten Röte gewichen.

»Perverserweise brachten diese überlangen Liegezeiten für Bremer sogar eine Arbeitsersparnis. Denn je weniger Fluktuation auf einer Station, je weniger Entlassungen zu verzeichnen waren, um so seltener mußte er die lästigen Arztbriefe diktieren. Sehr zum Ärger des Personals übrigens, für das viele bettlägrige Patienten einen enormen Pflegeaufwand bedeuten.

»Dieser Berg hier«, Grundmann deutete auf den Stapel Krankenakten neben sich, seine Stimme wurde hastiger, »das sind Patienten, deren Entlassungen bereits überfällig waren. Erst nach dem Tode Bremers konnte ich diese Leute endlich nach Hause schicken!«

Bohlmann und Schmalenberg sahen sich verwundert an.

»Mal eine Frage, Herr Grundmann! Ehrlich gesagt, habe ich mit so viel Aufrichtigkeit gar nicht gerechnet«, bemerkte Hans, »wir haben Ihnen kaum Fragen gestellt, und Sie beginnen von sich aus so freimütig zu erzählen! Warum?«

»Sicherlich...«, zögerte der Arzt verlegen. Ihm wurde bewußt, daß er vielleicht etwas zu weit gegangen war. »Mag sein, daß Sie das befremdet, aber...« – er faßte sich ein Herz – »ich bin es leid, immer die Schnauze zu halten!

Gerade jetzt, wo nach dem Tod eines Kollegen wahrscheinlich alle nur in den höchsten Tönen von Bremer berichten, möchte ich unbedingt klarstellen, um was für ein Schwein es sich bei diesem Menschen gehandelt hat! Mir ist es egal, ob ich in Ihren Augen als Nestbeschmutzer erscheine! Ich möchte einfach nicht länger meinen Mund halten!«

Peinliches Schweigen.

Grundmann schüttete sich den restlichen kalten Kaffee rein und sprudelte weiter: »Dieser Mann war auch fachlich eine absolute Niete! Vielleicht ist Ihnen noch aus der Presse vom vergangenen Jahr bekannt, daß er am Tod eines Patienten, um es vorsichtig zu sagen, nicht ganz unschuldig war?«

»Von welchem Fall sprechen Sie?« fragte Bohlmann.

»Wir hatten damals einen Patienten mit einem bekannten Nierenversagen. Dr. Bremer bestand aber trotz eindringlicher Warnungen rechthaberisch darauf, weiterhin die gefährlichen Medikamente zu verabreichen.«

»Und? Was ist passiert?« wollte Hans wissen.

»Der Patient starb am Kammerflimmern, also Herzversagen! Ein eklatanter Fehler! Das ist übrigens kein Arztgeheimnis, denn dieser Fall wurde ausführlich vor Gericht behandelt. Bremer kam jedenfalls ungeschoren davon, gedeckt durch seinen Schwiegervater und andere einflußreiche Professoren!«

Mit zitternden Händen drehte er sich eine weitere Zigarette.

»Normalerweise habe ich vor Toten eine große Achtung! Nicht aber gegenüber diesem Bremer! Dieses Schwein hatte übrigens im letzten Jahr eine recht schmierige Affäre mit einer MTA, einer medizinisch-technischen Assistentin aus der Röntgenabteilung. In unserem Haus wird viel geklüngelt, ohne daß jemand ein Wort darüber verliert. Bremer jedoch hat sich über diese Beziehung in aller Öffentlichkeit derart lustig gemacht, daß der Frau wenig später gekündigt wurde. Sie mußte in aller Schmach das Haus verlassen und bekam obendrein ein schlechtes Zeugnis.«

»Nun beruhigen Sie sich mal!« beschwichtigte Ulrike den völlig aufgebrachten Grundmann.

»Ich weiß auch nicht, was in mich gefahren ist! Aber Bremers Tod hat alles in mir wieder hochkommen lassen, was ich über die Jahre kommentarlos geschluckt habe! Ich habe allzulange geschwiegen!«

Plötzlich wurde die Tür aufgerissen und herein kam der junge Arzt, der eben die Spritzen verabreicht hatte. »Worüber hast du wohl geschwiegen, du altes Plappermaul?« fragte er im freundschaftlichen Ton seinen Kollegen Grundmann.

»Darf ich Ihnen vorstellen: Dr. Arnold! Mein hospitierender Kollege!«

»Die Zeiten der Arbeit für lau sind vorbei! Ich trete am Montag die Stelle vom Bremer an!« berichtete der Mediziner stolz und glücklich, während man sich höflich die Hände schüttelte. »Was hat dieses Schandmaul über mich erzählt?«

»Nicht viel«, antwortete Ulrike, »nur daß Sie seit mehr als einem halben Jahr ohne Bezahlung hier gearbeitet und auf eine Stelle gewartet haben.«

»Was blieb mir denn anderes übrig?«

»Hatte der Betriebsrat nichts dagegen?« fragte Hans. »Wenn das Schule machen sollte, könnte die Verwaltung ja systematisch einige Gelder einsparen!«

»Das ist mir schnuppe«, antwortete Arnold. »Hauptsache, ich bin drin! Außerdem hat unser Chef soviel Einfluß, daß auch der Betriebsrat nicht viel dagegen ausrichten kann!« Und zu Grundmann gewandt: »Ehe ichs vergesse, der Neuaufnahme auf Zimmer 17 geht es nicht gut. Du weißt schon, der Alki.«

Grundmann sprang von seinem Sitz hoch. »Und das sagst du mir erst jetzt, du Tropf?«

»Der machts doch sowieso nicht mehr lange!«

»Arnold!« schimpfte Grundmann, »du bist schlimmer als Bremer!« Mit einer hastigen Verabschiedung riß er die Tür zum Flur auf und eilte davon.

»Vielen Dank für das Gespräch!« rief ihm Bohlmann hinterher, aber die beiden Ärzte waren bereits verschwunden.

Draußen waren bezeichnenderweise wieder dunkle Wolken aufgezogen.

»Puh, das war scharfer Tobak«, bemerkte Schmalenberg.

Auch Ulrike war noch ganz erschlagen von der Flut der Informationen. »Der reinste Sumpf! Meine Vorurteile gegen das Krankenhaus sind nicht gerade abgebaut worden.«

»Darf ich dich mit einer Einladung zu einem Cognac trösten?« fragte Hans und legte seinen Arm um ihre Schulter. »Ich brauche jetzt dringend einen.«

»Wenn du fährst, nehme ich auch zwei.«

11.

Kalt und trübe war dieser Freitagvormittag. Es hatte zwar aufgehört zu regnen, trotzdem waren die Sandwege zwischen den Gräberreihen von den Wassermassen der vergangenen Nacht aufgeweicht. Die frischen Blumen änderten nichts an der tristen Atmosphäre dieses Tages.

Söns versuchte, mit gezielten Sprüngen über die Pfützen seine blankpolierten schwarzen Schuhe zu retten, an denen aber schon der Dreck klebte. Das Wienern hätte er sich sparen können. Schon von weitem hörte er eine Bläsergruppe, die sich mühsam an einem Choral versuchte. Vielleicht war es auch der Wind, der das musikalische Ergebnis zerfetzte und nicht besonders melodisch erklingen ließ.

Während er in die Richtung steuerte, aus der die fremden Töne kamen, passierte er zum Teil wahre Prachtbauten deutscher Grabkultur. Monumentale Gebäude zeugten von der Bedeutung einiger Kölner Familien, deren Namen Stadtgeschichte geschrieben hatten und die nun ihre Aufnahme in das Himmelreich erflehten. Kleine Barockengel und traurig dreinblikkende Madonnen sollten diese Bitte unterstützen. Beim Anblick einer Gruft erinnerte sich Söns an die Schauplätze alter Edgar Wallace-Filme und grinste bei dem Gedanken, Joachim Fuchsberger oder Karin Dor könnten jetzt aus der Tiefe auftauchen. Eine Nekropole der letzten Ruhe.

Söns versuchte, sich möglichst unauffällig der großen Trauergemeinde zu nähern, die sich bereits langsam in Bewegung gesetzt hatte, allen voran das Bläsercorps, dessen uniformierte Mitglieder sich mit klammen Fingern redlich um die richtige Tonlage bemühten. Mit schweren Schritten folgte der Geistliche, der mit seiner gewaltigen Körperfülle für einen würdigen Rahmen sorgte, seine Mitarbeiter im Schlepptau.

Nun kam der schwere, messingbeschlagene Eichensarg, mit dem die drei auf jeder Seite schreitenden Burschenschafter ihre rechte Mühe hatten. Die Gesichter verrieten die Strapaze, die Säbel klapperten abwechselnd an das kostbare Holz, trotzdem bemühten sie sich, die Farben mit Stolz zu tragen.

Eine kalte Windbö wirbelte durch die Trauergemeinde und riß zwei Blumen aus dem Sarggebinde. Fast wäre der Witwe der Hut vom Kopf geblasen worden, wenn sie nicht noch im letzten Moment entschlossen zugefaßt hätte. Mit einer solch blitzartigen Bewegung hatte Söns gar nicht gerechnet, wo sie doch zuvor noch von einem älteren Herren gestützt werden mußte und zu keiner aktiven Regung fähig schien. Tüll bedeckte ihr Gesicht. In dem Mann erkannte Söns den kürzlich im *Stadtanzeiger* so hochgelobten, frischgebackenen Bundesverdienstkreuzträger Professor Eichstätt, dessen Haupt ein offenbar zu klein gewordener Zylinder zierte.

Weitere Angehörige, eine Gruppe von Burschenschaftern mit einem Kranz im Format eines Lastwagenreifens, dann die sonst in Weiß, heute aber dunkel gekleideten Kollegen des Verstorbenen, sowie die große Trauergesellschaft bildeten den Rest des Zuges, einen respektvollen Abstand beachtend.

Der Melatenfriedhof war, von dieser Gemeinde abgesehen, fast völlig menschenleer. Nur hier und da hackten und harkten einige alte Mütterchen auf den Köpfen ihrer verstorbenen Angehörigen herum, um nur hin und wieder den aktuellen Standort der Beerdigungsgesellschaft mit einem flüchtigen Blick zu mustern.

Söns hatte Anschluß an die letzten Personen des Zuges gefunden. Auch er mußte, eingeholt von der bedrückenden Situation, unwillkürlich seinen Kopf senken.

Melatenfriedhof! Ihm kam die furchtbare Geschichte eines ehemaligen KZ-Häftlings in den Sinn, der drei Monate lang zusammen mit fünfundzwanzig anderen in einer kleinen Zelle im Kellergewölbe des ELDE-Hauses verbringen mußte, eingepfercht in Kot und Urin. Dieses Gebäude war während des Dritten Reiches die GeStaPo-Zentrale von Köln, bevor es nach dem Kriege zum Ordnungsamt wurde. Der ihn quälende Nazischerge wurde später makabererweise zum Leiter dieses Friedhofes ernannt.

Das frisch ausgehobene, mit Tannenzweigen geschmückte Grab wurde erreicht, die Menschen gruppierten sich in einem großen Halbkreis um den Sarg und die engsten Verwandten.

Nach einer pathetischen Rede, in der noch einmal die Verdienste des Verstorbenen aufgezählt wurden, ließen die Burschenschafter den Sarg mit der Leiche Dr. Bremers langsam in die kühle Gruft hinab, auf deren Grund noch eine Pfütze stand, der nicht weggesickerte Rest des heftigen Regens der vergangenen Nacht. Die Witwe in ihrem modischen Kleid trat als erste an das Grab ihres Mannes, ihr Gang erstaunlich sicher, ihre Haltung gefaßt, sie bedurfte nicht mehr der stützenden Hand ihres Vaters. Sie lüftete ihren Schleier und befestigte ihn unter der Hinterkante ihres Hutes, der Wind hätte sonst das hübsche, schlicht geschminkte Gesicht sofort wieder verdeckt.

Andächtig faltete sie ihre Hände, nachdem sie einen kleinen Nelkenstrauß zum Sarg des Toten hinabgeworfen hatte. Dieses Gesicht! Söns überlegte angestrengt, wo er es zum letzten Mal gesehen hatte. Er kannte diese Frau! Ihr Bild stand nicht in den Zeitungen. Es konnte noch nicht lange her gewesen sein. Er spulte im Geiste alle Orte ab, wo sie ihm kürzlich begegnet sein könnte. Der Supermarkt, das Kino? Nein! Da erschien sie ihm plötzlich wieder. Es war die hochgewachsene Schönheit aus dem Schwimmbad mit dem türkisfarbenen Bikini, keine fünfzig Meter von ihm entfernt. Sie mußte sich in dem Eisstadion wohl sehr sicher gefühlt haben, denn sonst hätte sie so kurz nach dem Tode ihres Mannes kaum engumschlungen mit ihrem Begleiter gelegen und reges Interesse am Inhalt seiner Boxershorts gezeigt.

Dieser Fall entbehrt nicht einer gewissen Pikanterie, dachte Söns, Köln hat eben etwas Provinzielles. Er mußte unwillkürlich grinsen, was ihm sofort böse Blicke der Umstehenden einbrachte.

Nach und nach traten auch die übrigen Angehörigen an das Grab, um sich dann in einer Reihe neben der Witwe zu postieren und die Kondolenzbezeugungen der restlichen Gesellschaft entgegenzunehmen. Die Kränze wurden niedergelegt, die Schleifen drapiert, damit auch ja die Herkunft dieser edlen Spenden ersichtlich blieb. Den Wind schien dies jedoch wenig zu bekümmern, er machte die Stoffbahnen zu flatternden Fahnen. Auch der Versuch eines Trauergastes scheiterte, das Schleifenende unbemerkt mit etwas Erde zu beschweren.

Söns hatte nach seiner peinlichen Entdeckung das Interesse an den Details der Beerdigung verloren. Seine Gedanken wanderten zu Karl Hartmann, dem toten Alkoholiker, der so gar nichts mit dieser erlauchten Gesellschaft zu tun hatte. Irgendwo würde er an diesem Tage auf dem Westfriedhof der Erde übergeben werden. Wahrscheinlich wurde dort, wo üblicherweise die obdach- und mittellosen Unbekannten zur letzten Ruhe gebettet werden, niemand warten.

Mit Widerwillen erinnerte sich Söns noch an die verworrenen Formalismen nach der Freigabe des Toten durch den Staatsanwalt. Zunächst wurde das Ordnungsamt des Bezirkes mit der »Beseitigung der Leiche« beauftragt, wie es pedantisch pietätlos das Beamtendeutsch vorschreibt. Normalerweise wäre für die Abwicklung des Verfahrens das Sozialamt zuständig gewesen, Abteilung Resozialisierungshilfe für Männer. Da Hartmann aber keine Sozialhilfe bezogen hatte, mußte das Ordnungsamt herhalten, das wiederum das Geld für die Bestattung von der Gesundheitsaufsicht der Stadt Köln bekommen würde, die dort einen extra für solche Fälle eingerichteten Topf verwaltete. In dieser Republik ist eben alles geregelt.

Zu Hartmanns Begräbnis kämen nicht Hunderte von Menschen, um seiner in Andacht und Rührung zu gedenken; dort würden keine Kränze abgeladen werden. Vermutlich würden nur sechs Personen den Toten begleiten. Vielleicht wäre der Leiter des vom Ordnungsamt beauftragten Bestattungsinstitutes zugegen, dann wären da noch die vier Träger, die dafür Sorge trügen, daß Hartmanns Sarg aus schlichtem Fichtenholz möglichst ohne großes Poltern in das Grab abgesenkt werden könnte. Vielleicht würde sich auch Pater Franziskus wieder mal dazu bereitfinden, die letzten Worte zu sprechen.

12.

»Ja, sind Sie denn immer noch nicht fertig?!«

Gerade hatte Söns die Tür zum Kommissariat geöffnet, als er völlig fassungslos das Chaos erblickte. Überall standen noch die Farbeimer herum, verdreckte Pinsel lagen auf den Schreibtischen, die Aschenbecher hatten ihr Fassungsvermögen weit überschritten und Bierflaschen türmten sich in der gegenüberliegenden Ecke. Nur Schmalenbergs Schreibtisch war noch vollständig mit Plastikplanen abgedeckt, so als solle die Unordnung auf seinem Arbeitsplatz konserviert werden.

»Große Fortschritte haben Sie in der Zwischenzeit ja nicht gemacht!« kritisierte Söns, tastete sich vorsichtig über die raschelnden Planen zur Mitte des Raumes und schaute sich prüfend um.

»Nun hörnse mal auf zu mosern, junger Mann«, protestierte einer der Arbeiter, der mit viel Wohlwollen gerade die Zwanzig erreicht hatte, »dafür machen wir hier erstklassige Arbeit!«

Danach grinste er frech und feixte zu seinem Kollegen herüber, der sich gemächlich in Bohlmanns Schreibtischsessel zurücklehnte und breit in einen Berliner biß, so daß die Marmeladenfüllung herausquoll.

»Sie können sich ja ein wenig nützlich machen, wenn Ihnen alles zu langsam geht, nur sollten Sie sich vorher was anderes anziehen!« meldete sich der Dritte zu Wort und deutete mit seinem Pinsel auf Söns' schwarzen Beerdigungsanzug. Brüllendes Gelächter.

Geplättet von so viel Unverschämtheit, kramte Söns in seiner Zitatenkiste: *»Das Unzulängliche, hier wirds Ereignis!«* Aber selbst Goethes »Faust« schien die drei Herren wenig zu beeindrucken, im Gegenteil, sie wieherten weiter.

Empört machte Söns auf dem Absatz kehrt und verließ sein Büro.

Auf dem Flur erkundigte er sich nach dem Verbleib seiner beiden Kollegen und erfuhr, daß sie in der Cafeteria Quartier bezogen hatten. Er verließ die vierte Etage am Waidmarkt und ging vom dritten Stockwerk über eine Treppe hinüber zum

Quergebäude, wo sich die Cafeteria befand. Gähnende Leere. Aus dem abgeteilten Seitentrakt drang Schmalenbergs Organ zu ihm herüber.

Seine beiden Mitarbeiter hatten einen Tisch in der Ecke zum Behelfsbüro umfunktioniert. Inmitten leerer Tassen Kaffee stand Bohlmanns Schreibmaschine, hoch dekoriert mit etlichen weißen Farbspritzern. Aktenberge lagen verstreut daneben und boten das gewohnte Durcheinander von Schmalenbergs Arbeitsplatz.

»Hallo, Söns!« rief Hans ihm entgegen und traktierte weiter die arme Schreibmaschine, deren O's Löcher ins Papier stanzten, »nehmen Sie doch Platz!«

Nur unwillig folgte Söns der freundlichen Aufforderung seines Chefs, ihm steckte noch der Frust mit den Anstreichern in den Knochen. Ulrike war dabei, die Farbspuren auf den Fingern mit Verdünner zu entfernen, auch sie hatte heute morgen Erfahrung mit einer frisch gestrichenen Tür machen müssen.

»Das ist also unser neues Büro?« wunderte sich Söns und zog einen Stuhl heran, »Herr Schmalenberg, Sie lassen sich aber auch immer etwas Neues einfallen!«

»Das war Fräulein Bohlmanns Idee, Herr Söns«, widersprach Hans.

»Frau Bohlmann, bitte!«

Hans wußte schon vorher, daß ihn Ulrike deswegen verbessern würde. Es war immer das gleiche Spiel.

»Muß man sich eigentlich die Unverschämtheiten der Maler gefallen lassen?«

»Machen Sie sich nichts draus, Söns«, beruhigte ihn Schmalenberg und steckte sich eine neue Zigarette an. Er rauchte heute mehr als sonst. »Wir haben auch schon Riesenzoff mit diesen Typen gehabt. Die Jungs haben gestern erfahren, daß ihre Firma in Konkurs gegangen ist und ihnen demnächst die Arbeitslosigkeit ins Haus steht! Wir können froh sein, wenn unser Zimmer überhaupt jemals fertig wird. Aber nun schießen Sie mal los!« Dabei klopfte ihm Hans freundlich lächelnd auf die Schulter. »Weshalb erscheinen Sie hier so festlich verkleidet, haben Sie etwa Karten für die Philharmonie?«

Söns, dem Schmalenbergs Berührung sichtlich unangenehm war, rückte mit seinem Stuhl demonstrativ zur Seite. »Herr Schmalenberg! Solche Sympathiebekundungen liebe ich nicht besonders!«

»Ich bitte vielmals um Entschuldigung!«

»Ich war bei der Beerdigung von Doktor Bremer!«

»Sie waren was?« fragte Ulrike ganz erstaunt und legte ihre Reinigungsutensilien beiseite. »Was haben Sie in Dreiteufelsnamen mit seiner Beerdigung zu tun? Ich denke, Sie kümmern sich um die Identität Ihres ermordeten Alkoholikers?!«

»Das ist bereits Schnee von gestern! Sein Name ist Karl Hartmann, Jahrgang 1930!« erklärte Söns mit der Lässigkeit eines alten Routiniers.

»Große Klasse, Söns! Das ging ja schnell!« Schmalenberg war wirklich beeindruckt, denn diese Ermittlungsarbeiten können manchmal Wochen in Anspruch nehmen. »Nun aber mal raus mit der Sprache, weshalb haben Sie sich für die Bestattung von Bremer interessiert?«

»So genau weiß ich das eigentlich auch nicht. Vielleicht war es der anonyme Anruf, der meine Neugier geweckt hat. Auf alle Fälle habe ich dort eine ungeheure Entdeckung gemacht!« erklärte Söns mit einem geheimnisvollen Pathos.

»Denken Sie an meine Nerven, Herr Söns, und machen Sie es nicht so spannend!«

»Als ich so im Kreise der Trauergemeinde stand und mir das Gesicht der Witwe Bremer genauer ansehen konnte, kam sie mir gleich bekannt vor.«

»Und weiter?«

»Ich habe in Frau Bremer nämlich die Person wiedererkannt, die kurz nach dem Tode ihres Mannes mit einem unbekannten Mittdreißiger Zärtlichkeiten ausgetauscht hat!« Mit seiner steifen Erklärung war und blieb Söns ein Aktenmensch, Hans hätte sicherlich andere Worte dafür gefunden.

Als keine weitere Reaktion seiner beiden Kollegen kam, fügte Söns noch hinzu: »Die Witwe Bremer muß einen Freund haben!«

»Au!« Schmalenberg hatte seine glimmende Zigarette völlig

vergessen und sich die Finger verbrannt. »Das ist ja ein starkes Stück!«

»Meinst du deine Brandblase oder Söns' neue Entdeckung?« fragte Ulrike. Und zu Söns gewandt: »Wo und wann haben Sie die beiden beobachtet?«

Er zögerte mit der Antwort. »Im Schwimmbad. Am Mittwoch Nachmittag!«

Der Hauptkommissar begann schallend zu lachen. »Im Schwimmbad sagen Sie? Was machen Sie denn während der Dienstzeit im Schwimmbad?«

Söns rutschte auf seinem Stuhl hin und her wie ein kleiner Schuljunge, der etwas ausgefressen hatte, die roten Ohren verrieten das schlechte Gewissen.

» Ich, ähm, ich...«

Hans ließ seinen Untergebenen mit seinem Erklärungsversuch noch ein wenig zappeln, bevor er ihm einen freundlichen Klaps auf die Schulter gab. Diesmal hatte Söns nichts gegen diese Geste einzuwenden. »Endlich sind Sie mal sprachlos, Herr Söns! Sie werden mir noch richtig sympathisch!«

Das Eis zwischen beiden war gebrochen.

»Der Einfall war kindisch, aber göttlich schön«, zitierte Hans aus »Don Carlos« und bedauerte, jetzt keinen Sekt trinken zu dürfen, aber schließlich war man hier in der Cafeteria kurz vor der Mittagspause schamlos den Blicken des ersten Kommissariats ausgeliefert.

»Herr Söns, sind Sie sich Ihrer Beobachtung völlig sicher?« fragte Bohlmann ungläubig. »Ich kann mir nicht vorstellen, daß diese Frau eine solche Dreistigkeit besitzt, nur einen Tag nach dem Tod ihres Mannes die Trauergesellschaft zu verlassen, um ihren Lover zu sehen...«

»...und zu befummeln!«

»Frau Bohlmann, ich bin mir da völlig sicher«, erklärte Söns bestimmt, ohne auf Schmalenbergs Kommentar näher einzugehen. »Sie war aber nur relativ kurz im Schwimmbad. Eine Frau wie die Bremer kann man nicht verwechseln oder übersehen!«

Hans nickte zustimmend.

»Trotzdem habe ich meine Zweifel!« Ulrike zog ihre Stirn in

Falten. »Ich erinnere mich nur an den Tod meines Vaters, als wir tagelang mit den Formalitäten beschäftigt waren; allein die Adressenlisten für die Todesanzeigen zusammenzustellen, hat uns bis zur Beerdigung kaum Zeit zur Trauer gelassen. Nee, Herr Söns! Da müssen Sie auf dem Holzweg sein!«

»Frau Bohlmann, ich bleibe dabei! Es ist mir auch egal, was Sie aus meiner Information machen! Aber ich würde Ihnen raten, sie nicht einfach zu ignorieren!«

»Schon gut, Herr Söns! Jetzt werden Sie nicht gleich sauer! Vielleicht haben Sie ja recht. Aber wenn das stimmen sollte, dann bekommt unser Fall durch Ihre Entdeckung eine gewisse Würze«, bemerkte Ulrike und nahm ihre Reinigungstätigkeit wieder auf. »Und dir, lieber Hans, wird das große Vergnügen zuteil, der armen Witwe nochmals deine Aufwartung zu machen. Vielleicht hat Frau Bremer sogar das Konfektschälchen wieder aufgefüllt.«

»Darf ich daraus schließen, daß du mich diesmal nicht begleiten willst?« wunderte sich Hans.

»Ganz richtig, mein Schatz! Schließlich habe ich kürzlich das Gespräch fast ganz allein bestritten, während du dir die Süßigkeiten reingezogen hast, oder? Außerdem habe ich mir den Nachmittag freigenommen, um meine Freundin in Berlin übers Wochenende zu besuchen.«

»Ach nee? Du läßt mich ganz allein in Köln zurück? Hoffentlich wirst du deine Untreue nicht später mal bereuen! Ich höre schon deine Klagerufe!« Hans liebte theatralische Gesten, stand auf und spielte eine völlig verzweifelte Person am Rande des Abgrundes. »Oh, wäre ich doch damals bloß nicht nach Berlin gefahren, ich Schussel, ich Vollidiot! Was habe ich mir damals nur entgehen lassen!«

Damit verließ er den Tisch, um sich sein Mittagessen zu holen: Russisches Ei mit Kartoffelsalat und Bergen von Mayonnaise.

Söns schüttelte beim Anblick dieses kulinarischen Sprengsatzes angewidert den Kopf: »Wollen Sie sich vergiften, Chef? So traurig kann die Welt doch gar nicht sein!«

»Russenei, fein parat jemaht – nennt sich dieser Kleister!«

spottete Bohlmann, schon der Geruch zog ihre Gallenblase zusammen.

»Wären meine beiden Kollegen bitte so nett, mich ungestört essen zu lassen?« widersetzte sich Hans, nachdem er endlich ein freies Plätzchen auf seinem Schreibtisch gefunden hatte. »Söns, erzählen Sie lieber mal, was sich am Mittwochnachmittag genau ereignet hat!«

Söns schilderte das Geschehene in allen Einzelheiten, wobei er seinen Vortrag wieder mit einigen Zitaten schmückte.

»Herr Schmalenberg! Frau Bohlmann!« dröhnte eine tiefe, unfreundliche Stimme durch die Cafeteria. Hans setzte seine mit Kartoffelsalat beladene Gabel wieder ab.

Der Chef war an den Tisch getreten und zeigte nicht gerade gute Laune. »Sie sind uns als fähiges Team bekannt, aber was Sie sich da geleistet haben, das geht entschieden zu weit!«

Schmalenberg, der dachte, sein Chef spiele auf sein ungewöhnliches Büro an, wischte sich zunächst einmal die Mayonnaisereste von der Unterlippe. »Sie wissen doch sicherlich, daß unser Zimmer noch immer gestrichen wird! Wo bitte, frage ich Sie, sollen wir denn sonst ungestört unsere…«

»Ich spreche nicht von diesem Saustall hier!« unterbrach ihn der Chef, dessen Stimme bedrohlich lauter wurde. »Wir sind an Ihre Unordnung ja mittlerweile gewöhnt! Ich spreche von Ihrem unverschämten Benehmen bei Professor Eichstätt!« Sein Hals drohte zu platzen. »Ich habe heute morgen einen Anruf vom Polizeipräsidenten bekommen, bei dem sich Eichstätt bitterlich über Ihren Auftritt beklagt hat. Wollen Sie uns alle in Mißkredit bringen?« Seine cholerischen Ausbrüche waren gefürchtet. Das aber weniger wegen der drohenden Konsequenzen – was konnte er seinen verbeamteten Untergebenen schon anhaben – als mehr wegen der kranken Pumpe. Einen Herzinfarkt hatte er schon hinter sich.

»Bitte nicht hier!« versuchte ihn Bohlmann zu besänftigen.

»Schweigen Sie!« Diesmal erreichte die Lautstärke den Pegel eines Tieffliegers. »Sie werden sich bei Eichstätt in aller Form entschuldigen! Ist das klar?!«

In der nur wenig besetzten Cafeteria war ein peinliches

Schweigen entstanden. Im Hintergrund begann Müller, ein Kommissar einer anderen Abteilung, schadenfroh zu kichern.

Der Chef wandte sich diesem Kollegen zu: »Unterlassen Sie gefälligst Ihr Grinsen! Sie alle wissen, daß das Image unserer Polizei schwer gelitten hat. Aus diesem Grunde verlange ich von jedem – auch Sie sind gemeint, Herr Müller – daß bei den Untersuchungen ein höflicher Ton gewahrt bleibt! Ich hoffe, Sie haben mich verstanden!« Ohne einen möglichen Widerspruch abzuwarten, machte er kehrt.

Das muß dieser Schreihals gerade sagen, dachte Schmalenberg, hielt sich aber bedeckt, um nicht einen erneuten Infarkt heraufzubeschwören. Der lächelnde Müller war ganz blaß geworden.

»Wenn dieser Speckbolzen nicht so krank wäre…«, murmelte Hans so leise, daß nur Ulrike und Söns ihn hören konnten. »Eher werde ich mir noch ein Russenei bestellen, als mich bei Eichstätt zu entschuldigen!«

»Ich habe dir ja gesagt, es wird noch Ärger geben!«

»Ulrike, jetzt komm du noch mit deinen neunmalklugen Sprüchen!« Schmalenbergs gute Stimmung war verflogen. »Laßt uns lieber die Ergebnisse im Fall Bremer zusammentragen.«

Bohlmann fischte im Chaos nach einem Zettel ohne Fettflekken und begann zu schreiben: »Wenn wir davon ausgehen, daß es sich bei dem Tod von Bremer nicht um einen Unfall handelt, der von der Autowerkstatt verursacht wurde, dann kommen als mögliche Verdächtige bis zu diesem Zeitpunkt folgende Personen in Betracht:

Erstens die Frau des Verstorbenen. Sie ist schließlich die Nutznießerin einer beachtlichen Rente. Wer weiß, ob da nicht noch eine Lebensversicherung im Spiel ist.

Zweitens gibt es da einen ominösen Freund, dem der Tod Bremers vielleicht sehr gelegen kam, kann er sich doch nun mit der hübschen Sybille ein neues Leben aufbauen.«

»Herrlich, wie du die Probleme immer so auf den Punkt bringst!«

»Laß das, Hans! Drittens hatte sich Dr. Bremer privat wie im

Beruf einige Feinde gemacht. Da wären zum Beispiel die Verwandten des toten Patienten zu nennen, die dem behandelnden Arzt des Verstorbenen vor Gericht nichts anhaben konnten. Und es gibt noch die so schmachvoll verstoßene medizinisch-technische Assistentin, die Rachegelüste verspürte. Frauen können manchmal furchtbar sauer sein!«

»Deren Namen und jetzigen Aufenthaltsort könntest du ja ausfindig machen, ich muß mich schließlich um die Witwe kümmern.«

»Viertens ist da der anonyme Anrufer, der behauptete, er habe die beiden Vorderräder für lumpige dreihundert Mark zerstochen.«

»Fünftens Doktor Bremer selbst«, fügte Söns hinzu, »vielleicht hatte er Selbstmordabsichten?«

»Das halte ich eher für unwahrscheinlich, Herr Söns. Hätte er sich sonst so kurz vor seinem Tod einen nagelneuen Mercedes gekauft?«

»Vielleicht wollte er sich einen würdigen Abgang verschaffen!« bemerkte Hans.

»Da haben Sie ja in der nächsten Woche noch einiges zu tun«, witzelte Söns und zitierte: *»Das ist eben der Fluch der bösen Tat, daß sie fortzeugend immer Böses muß gebären.* Schillers ‚Piccolomini!'«

Bohlmann schob ihren Zettel beiseite und schaute auf Söns.

»Ich dachte, Herr Söns, Sie steigen nun in unseren Fall mit ein, nachdem Sie doch so erfolgreich den Namen des toten Alkis herausgefunden haben?«

»Es tut mir herzlich leid, das Angebot muß ich dankend ablehnen. Solange ich keine neue Order bekommen habe, werde ich mich jetzt um meinen Mörder kümmern. Sie haben doch hoffentlich nichts dagegen?«

Schmalenberg steckte sich noch eine Zigarette an. *»Des Menschen Wille ist sein Himmelreich.* Tun Sie, was Sie nicht lassen können.«

13.

Eigentlich hätte Schmalenberg ein freies Wochenende haben können, schließlich stand kein weiterer Fall zur Bearbeitung an, und auch die Ermittlungen in Sachen Bremer würden durch eine kleine Arbeitspause nicht groß in Verzug geraten. Aber was sollte er mit diesem verregneten Samstag anfangen? Seinen Kühlschrank hatte er schon gestern wieder aufgefüllt, nachdem er sich endlich von den vergammelten Wurst- und Käseresten hatte trennen können. Wer wirft schon gerne Lebensmittel weg? Zwei neue Kästen – Kölsch für den Durst und Sprudel für die Folgen – standen im Flur, die Hemden waren gebügelt und hingen wieder auf der Stange, das Zusammenfalten war ihm zuwider. Nach dem Auszug seiner Frau hatte er sich aus Trotz ein Ankleidezimmer eingerichtet, in dem nun alles griffbereit in Regalen schlummerte und an Kleiderständern hing. Sein neues Motto: Hier wird kein Strumpf mehr eingesperrt!

Kurz vor ihrem Abflug nach Berlin hatte ihn gestern noch Ulrike angerufen und vom endgültigen Aus ihrer Beziehung berichtet. Sie wollte sich ein bißchen Trost und Zuspruch bei ihrer Freundin holen.

Es war ein lausiger Samstag.

Hans parkte seinen Wagen in der Volksgartenstraße gegenüber Bremers Wohnung. Kaum eine Menschenseele war zu sehen, auch der Spielplatz lag verlassen da, wo sonst bei Sonnenschein Hunderte von strickenden Frauen saßen, während die lärmenden Kinder nach Herzenslust toben durften. Nur eine alte Dame nutzte heute die Gunst der Stunde und ließ ihren fetten Mops an das Gestänge einer Rutsche pinkeln.

Hans war nicht besonders gut drauf, im Kopf dröhnten die Bierchen vom Vorabend. Als er den Mittelstreifen überquerte, drang wieder Willi Schneiders penetrante Stimme aus einem der geöffneten Fenster und erinnerte ihn daran, daß er eigentlich noch die Bewohner des Hauses nach ungewöhnlichen Vorkommnissen in der Nacht vom Montag zum Dienstag befragen müßte, Höhepunkt jeder Ermittlungsarbeit.

Wie ein Klinkenputzer, der Abonnements mit einer fadenscheinigen Geschichte über Arbeitslosigkeit oder Spätaussiedlertum kurz vor dem Hungertod zu verkaufen hoffte, hangelte sich Hans von Tür zu Tür und traf auf allerlei schrullige Personen. Endlich sahen sie einmal einen waschechten Kommissar, der sie in ihrem unbedeutenden Einerlei aufwerten konnte, nur wußten die meisten außer langweiligen Anekdoten nichts zu berichten.

Lediglich Frau Schmidt im zweiten Stock gegenüber von Sybille Bremers Wohnung erzählte offenherzig, aber zutiefst empört, daß Frau Bremer doch tatsächlich und dazu noch angetrunken erst um zwei Uhr morgens nach Hause gekonmen war. Man stelle sich das nur vor! Also sowas! Und das, obwohl ihr Mann schon lange zuvor zu Bett gegangen war!

Schmalenberg war sprachlos. Ob sie wohl auch die Farbe des Pyjamas kannte? Was wären wir doch ohne diese braven Bürger, die sich selbstlos die Nacht um die Ohren schlagen, um ihre Nachbarn lückenlos über den Spion zu belauern! Auf seine Frage, wieso sie sich so genau an den Tag und die Uhrzeit erinnern könnte, bekam er zur Antwort, daß Jakob in dieser Nacht Durchfall hatte. Hans mußte lächeln, als er den dunklen Fleck auf dem Wohnzimmerteppich entdeckte, von dem immer noch ein unangenehmer Duft ausging. Gemessen an der Größe der Verunreinigung, hätte Jakob mindestens ein ausgewachsener Schäferhund sein müssen, es handelte sich aber lediglich um einen schläfrigen Kater.

»Ach, Sie schon wieder?!«

Schmalenberg war fassungslos. Vor ihm stand eine Schönheit mit blonden halblangen Haaren, in die dunkle Strähnen eingefärbt waren. Ein schwarzes Satinkleid schmiegte sich wie eine Vakuumverpackung an ihren schlanken Körper. Die beiden zarten Knospen ihrer Brüste schrieben bizarr zwei senkrechte, parallel nach unten verlaufende Falten auf diesen Hauch von Stoff. Frau Bremer zeigte Zähne und lächelte… makelloses Weiß.

»Na, worauf warten Sie? Wollen Sie nicht hereinkommen, Herr Kommissar?«

Hans stand sprachlos und wie angewurzelt da, und auch der herabgesunkene Unterkiefer verlieh seinem Gesicht nicht gerade die Souveränität eines Profis.

»Bitte, wenn Sie nicht wollen...«, bemerkte sie schnippisch, machte auf dem Absatz kehrt und schwebte in die Tiefe ihrer Höhle davon, »Sie können ja später nachkommen!«

Mit einem schüchternen »Guten Tag« betrat er schließlich doch die Wohnung und schloß die Tür. Während er sich im Halbdunkel des Flures zögernd vortastete, suchten seine Augen vergeblich die kleine schwarze Fußangel. Die aber hatte Besseres zu tun, wie das laute Schmatzen aus der Küche vermuten ließ.

»Wollen Sie etwas trinken?« Sie stand neben der unauffälligen Hausbar und hatte sich bereits einen Martini eingeschenkt. »Milch oder Kakao vielleicht, Sie sind ja schließlich im Dienst?«

»Einen Cognac bitte! Sie können doch schweigen, oder?«

Hans fühlte sich unsicher wie schon lange nicht mehr und war froh, sich endlich in einen Sessel fallenlassen zu können.

Sybille Bremer stand mit ihrem Rücken, oder vielleicht treffender, mit dem sicherlich schönsten Teil davon zu ihm gewandt, als sie den dumpfen Plumps vernahm und ihn nachträglich bat, doch bitte Platz zu nehmen.

»Mein Vater war ja nicht gerade erbaut von Ihrem Auftritt am Donnerstag! Er ist eben keinen Widerspruch gewöhnt. Ich hätte zu gern Mäuschen gespielt«, bemerkte sie charmant, »wie Sie meinen alten Herrn aus der Fassung gebracht haben.«

»Na ja, wir waren eigentlich ganz freundlich miteinander.« Er fühlte sich ungelenk und eckig neben dieser glatten Frau, die alle Regeln des Gastgeberseins perfekt beherrschte. Wo war nur sein schnoddriges Selbstvertrauen geblieben? Wer wollte hier wem auf den Zahn fühlen?

»Die Konfektschale ist auch wieder gefüllt, greifen Sie nur zu!« Mit diesen Worten kam sie lächelnd näher und beugte sich zu ihm hinunter, um den großen Cognacschwenker abzustellen. Gleichzeitig wurde ihm ein kurzer Einblick in die obere Öffnung des Satinkleides gewährt.

Er mußte seine Fassung wiedergewinnen, irgendwie! Rastlos wanderten seine Augen im kahlen Raum umher und blieben schließlich am Telefon kleben. Technik! Das wars! »Lohnt sich eigentlich die Mehrausgabe für so ein Tastentelefon? Ich wußte gar nicht, daß es die jetzt schon sogar in Blau gibt.« Er griff neben sich, zog den Apparat vom Beistelltisch zu sich heran und drückte verspielt auf die Knöpfe neben den Ziffern.

»Wieso fragen Sie?«

»Wieviel Nummern kann man hier eigentlich speichern?«

»Zehn, glaube ich. Aber, Herr Schmalenberg, Sie sind ja wohl kaum hierhergekommen, um sich von mir die neuesten postalischen Errungenschaften erklären zu lassen!?« Sie hatte ihm gegenüber Platz genommen, die Beine übereinandergeschlagen, und schmunzelte über seinen tolpatschigen Fluchtversuch.

Mit ihr eine Nacht verbringen..., dachte Hans, und dann am nächsten Tag erfroren sein!

Sie genoß seine Blicke auf ihren festen Oberschenkeln, die sich aus dem geschlitzten Kleid drängten.

»Nun, Herr Kommissar, womit kann ich Ihnen also dienen?«

»Tja, Frau Bremer, wo soll ich anfangen?« Schmalenberg zögerte, seine Finger hinterließen auf dem Glas eine feuchte Spur. »Ihr Konfekt ist großartig!«

»Danke! Sie können sich ja was einpacken, wenn Sie die Schale heute nicht ganz schaffen sollten! Nun aber bitte zur Sache!«

Sie fühlte sich sicher.

»Frau Bremer! Sie haben vielleicht schon vom Stand unserer Ermittlungen erfahren«, begann Hans. »Zwar ist es nicht ganz auszuschließen, daß letztlich doch die Autowerkstatt den Tod Ihres Mannes verursacht hat, es sprechen jedoch einige Indizien dafür, daß da noch jemand nachgeholfen hat!«

»Indizien?« fragte sie, rutschte im tiefen Lederpolster leicht nach unten, wodurch einige Zentimeter mehr ihrer schlanken Beine das Licht des Tages erblickten.

Schmalenberg zog es vor, sich auf das Konfekt zu konzentrieren. »Darüber möchte ich mich noch nicht weiter äußern. Fest steht nur, daß auch Sie zu dem Kreis der Personen gehören, die von dem Tod Ihres Mannes profitieren!«

»Nun machen Sie aber mal einen Punkt, Herr Schmalenberg!« wies sie ihn zurecht und fuhr mit einem boshaften Unterton fort: »Sie scheinen zu vergessen, daß ich erst gerade meinen Mann verloren habe!«

»Ihren Mann? Mit dem das Zusammenleben in den vergangenen Monaten nicht mehr eitel Sonnenschein war?« Über die vielen Streitereien und Auseinandersetzungen der beiden hatte Hans von den lieben Hausbewohnern erfahren.

»Ich weiß nicht, von wem Sie diesen Unsinn haben. Sicherlich war unsere Beziehung in den vergangenen Monaten nicht ganz einfach, trotzdem« – sie griff sich irritiert in die schönen blonden Haare – »trotzdem sollten Sie nicht jedes hetzerische Gewäsch der Nachbarn glauben! Kommen Sie mir also nicht mit dummen Verdächtigungen!«

»Ich habe Sie nicht verdächtigt, sondern lediglich festgestellt…«

»…daß ich vom Tod meines Mannes profitiere. Sie spinnen! Vielleicht spielen Sie damit sogar noch auf unsere Lebensversicherung an?«

»Wenn Sie so wollen.« Schmalenberg war jetzt ganz ruhig. »Was haben Sie übrigens in der Nacht vom Montag zum Dienstag gemacht?«

»Ich war mit einigen Freunden im Kino, anschließend haben wir uns dann noch in einer Kneipe niedergelassen. Vielleicht kennen Sie das *Pikus*? Aber wieso fragen Sie?«

Mit Widerwillen dachte Hans an das Publikum aus drögen Burschenschaftern und aufstrebenden Wirtschaftsstudenten, die nach den ersten Semestern bereits von dem Spitzenjob in irgendeinem Aufsichtsrat träumen. »Weil in dieser Nacht wahrscheinlich am Wagen Ihres Mannes manipuliert wurde!«

»Und? Auch wenn es so wäre, was habe ich damit zu tun?«

In gewohnter Eleganz schwebte sie davon, um sich Zigaretten zu holen. »Wollen Sie eine?« fragte sie Schmalenberg und winkte mit der geöffneten Pappschachtel.

Er aber lehnte dankend ab und bediente sich stattdessen aus seiner zerknüllten Packung. »Vielen Dank, ich habe meine eigenen! Eine Frage noch, Frau Bremer: Wo waren Sie am Mittwochnachmittag etwa gegen sechzehn bis siebzehn Uhr?«

»Bei meinem Vater in der Wohnung, zusammen mit dem engsten Familienkreis, schießlich hatten wir die Beerdigung vorzubereiten.«

»Die ganze Zeit?« fragte Hans bewußt zweifelnd, in der Hoffnung, daß sich Söns mit seiner Beobachtung im Schwimmbad nicht geirrt hatte.

»Es mag vielleicht sein, daß ich für kurze Zeit mal das Haus verlassen mußte. Diese beklemmende Atmosphäre der Trauer war einfach zuviel für mich!«

War da nicht ein leichter Anflug von Unsicherheit? Söns schien recht zu haben! Schmalenberg zog seine Trumpfkarte: »Finden Sie es nicht pietätlos, sich nur einen Tag nach dem Tode Ihres Mannes mit Ihrem Geliebten im Schwimmbad zu treffen?«

Schmalenbergs Frage traf sie wie ein Hammerschlag. Hätte die Witwe in diesem Moment ein Glas in der Hand gehalten, es wäre sicherlich krachend zu Boden gefallen. Das eben noch makellose Gesicht verwandelte sich in ein zauberhaftes Rot, das jeder gekochten Languste hätte Konkurrenz machen können.

Mein lieber Söns, ich werde dich knutschen, jubilierte Hans in Gedanken, sein Gesichtsausdruck blieb jedoch unverändert gelassen… Er fühlte sich großartig! Was für ein Tag!

»Wie heißt denn der junge Mann, wenn ich mal fragen darf?« Mr. Bond war gegen ihn ein Cremeschnittchen.

»Ich, ich… weiß nicht, wovon Sie reden…«, stammelte sie unsicher, die Rollen waren vertauscht.

»Ach das macht nichts! Das werden wir auch noch herausbekommen!« Schmalenberg erhob sich und verneigte sich vor der völlig verdattert dasitzenden Frau Bremer. »Ich danke Ihnen jedenfalls für die freundliche Bewirtung, möchte Sie aber jetzt nicht länger aufhalten!« Er lächelte ihr noch einmal freundlich zu und verließ den Schauplatz. »Sie können mich ja anrufen!«

»Ich wüßte nicht, weshalb!« rief sie ihm nach, ohne ihn zur Tür zu begleiten.

Im Treppenhaus blieb Hans stehen und wartete.

Sein Blick fiel auf das blankpolierte Messingschild, auf dem der Name *Doktor Bremer* in elegant geschwungenen Schriftzügen zu lesen war. Guter alter Tradition entsprechend, genügt halt der Name des Mannes zur Kennzeichnung einer Wohnung, dachte er. Kollegin Bohlmann hätte sicherlich einen abschätzig witzigen Kommentar dazu gemacht. Die lange Zusammenarbeit mit ihr hatte seinen Sinn für die vielen frauenfeindlichen Signale der Männergesellschaft geschärft. Ulrike fehlte ihm heute.

Er schaute auf die Uhr. Gerade fünf Minuten waren vergangen, als er noch einmal den schweren Metallring gegen die Verschläge poltern ließ. Es dauerte eine Weile, bis Frau Bremer kam.

»Verzeihen Sie bitte, wenn ich noch einmal störe!« entschuldigte sich Hans scheinheilig, »aber ich habe meine Zigaretten vergessen.«

Noch ehe sie überhaupt reagieren konnte, war er an ihr vorbei und betrat das Wohnzimmer. »Ach, darf ich auch mal ganz kurz telefonieren!!?«

»Bitte! Bedienen Sie sich!« rief sie ihm von der Eingangstür nach, wo sie ungeduldig wartete.

Schmalenberg nahm das Telefon und drückte lediglich die Redial-Taste, mit der man die zuletzt gewählte Telefonnummer abrufen kann.

Eine Stimme meldete sich am anderen Ende der Leitung: »Grundmann!«

14.

»Ich hätte gern einen Kopf Salat!« Geduldig hatte er in der Kundenschlange gewartet, bis er an der Reihe war.

Die Verkäuferin wollte gerade das gewünschte Exemplar in einer weißen Plastiktüte verschwinden lassen, als...

»Ist der auch garantiert gut?«

Skeptisch musterte die gestreßte Frau ihren kritischen Kunden, der mit seinem gepflegten Haarschnitt und dem grauen Anzug eher wie ein alternder Konfirmand auftrat. »Wat willste, Jung? Nen joten Salat? Wie wärs denn mit dem do, der iss jut dreckisch!« und präsentierte unter dem Gelächter ihrer Kolleginnen das zerfledderte Grün.

Verschüchtert nickte er mit leicht gerötetem Kopf, ließ sich die Tüte reichen und zahlte widerspruchslos die bestellte Ware. Eigentlich hatte er noch Äpfel kaufen wollen, aber ihm erschienen die neugierigen Blicke der wartenden Leute als derart bedrohlich, daß er möglichst bald den beklemmenden Schauplatz verlassen wollte. Einkaufen war ihm zuwider, besonders am Samstag.

So trat er, rechts die Aktentasche und links die Einkaufstüte, in der sich ein frisches Vollkornbrot an den Salat schmiegte, den Heimweg an.

»Guten Tag, Herr Schenk!« grüßte ihn die Frau von Gegenüber, mit der er im Laufe der Jahre noch nie über ein oberflächliches Geplänkel hinausgekommen war.

»Auch Ihnen einen guten Tag!« antwortete er höflich lächelnd, obwohl sie mal wieder seinen Doktortitel ignoriert hatte, was ihn maßlos ärgerte.

»Ich hoffe, es wird heute nicht regnen!«

»Hoffentlich!« Eigentlich war ihm das Wetter egal, er würde ohnehin dieses Wochenende wieder zu Hause verbringen und auf den Arbeitsbeginn am Montag warten.

»Grüßen Sie bitte Ihre Frau Mutter!«

»Das werde ich tun! Auf Wiedersehen!« Erleichtert atmete er auf, als die Nachbarin auf den Austausch weiterer Belanglosigkeiten verzichtete, und betrat den Hausflur. Ihm war seine abweisende Art schon bewußt, jedoch entschuldigte er sich und sein Verhalten mit dem anstrengenden Beruf, der ihn tagtäglich zum Umgang mit anderen Menschen zwang. Warum sollte er also ausgerechnet an den freien Tagen seine Zeit mit Geschwätz vertun, wo er die Ruhe doch so dringend brauchte?

»Bist du es, Christian?«

»Ja, wer sonst?« Als ob sie jemand anderes erwarten würde, dachte er. Es waren immer die gleichen Fragen, wenn sie Geräusche an der Wohnungstür hörte. Sorgfältig strich er die Jakke über dem Kleiderbügel glatt und hängte sie an den extra dafür freigehaltenen Garderobenhaken.

»Hast du an die Äpfel gedacht?!«

»Ach ja, die Äpfel! Die habe ich völlig vergessen!«

»Ich habe dich doch ausdrücklich darum gebeten!«

Er ließ seine Straßenschuhe im Flur zurück und betrat die Küche, wo seine Mutter gerade die Kartoffeln schälte. »Es tut mir leid!«

»Wo du nur immer deine Gedanken hast, Christian?« Und mit einem Blick auf seine weißen Socken. »Zieh dir bitte die Puschen an, der Boden ist kalt!«

»Ja gleich«, antwortete er und drückte seiner Mutter einen flüchtigen Kuß auf die Stirn. Daraufhin ging er zum Kühlschrank, um sich eine Flasche Bier zu holen.

»Du fängst aber schon früh an!« wunderte sich seine Mutter. Ihr war nicht entgangen, daß er in der letzten Zeit mehr trank als sonst, was sich gewichtsmäßig durchaus bemerkbar machte.

»Ich habe schließlich Wochenende!« Sein Blick fiel auf den *Stadtanzeiger*, in dem in schwarzen Lettern wieder einmal die Rentenproblematik beschworen wurde. »Wenn die so weitermachen, werden bald die Kassen leer sein!«

»Na ja, für meine schmale Rente wird es wohl noch reichen.«

»Dich meine ich nicht, Mutter. Ich spreche von den vielen Parasiten, die unserem Sozialstaat auf der Tasche liegen. Gegen solche Leute müßte man radikaler vorgehen!«

»Wie du wieder redest, Christian! Manchmal bist du mir wirklich unheimlich!«

15.

Samstagabend. Wie an jedem Tag waren fast alle Plätze im alten Brauhaus an der Friesenstraße besetzt. Rauchschwaden durchzogen das *Päffgen* und setzten sich in den ohnehin schon nikotingefärbten Wänden fest. Seit Jahrzehnten hatte sich hier nichts geändert. Vielleicht war die mannshohe Holzverkleidung mit der Zeit etwas dunkler geworden, dafür behielten aber die klobigen Holztische durch die tägliche Benutzung ihre frische Farbe, mit Ausnahme der durch eingetrocknete Senf- und Essensreste gefüllten Risse. Die Motive der schweren Gemälde konnte man nur erahnen, lediglich die hinter Glas geschützten Fotos der Gründerfamilie waren dem Gilb bislang erfolgreich entkommen. Das lachende Gesicht des jetzigen Besitzers mußte wohl aufgenommen worden sein, als ihm gerade die Jahresabrechnung vorgelegt wurde.

Wo in anderen Lokalen lauschige Hintergrundmusik die Gäste belästigt, sorgte hier das ständige Gemurmel für die Klangtapete, an der sich auch die meisten zu beteiligen schienen. Man gab sich laut und zufrieden, auch wenn die Stühle erst nach einigen Gläsern Kölsch etwas bequemer wurden und die Kellner manchmal recht patzig reagierten. So stieß eine Gruppe von Touristen auf völliges Unverständnis, als sie mit Begriffen wie *Kölscher Kaviar* oder *Hämchen* nichts anzufangen wußte und sogar den Frevel beging, eine Flasche Wein zu bestellen.

»Guten Abend, Herr Doktor!« begrüßte Schmalenberg den Mann, der bislang völlig unbeteiligt und mit regungsloser Miene in einer Nische gesessen hatte. »Haben Sie schon gegessen?« Er legte seine Jacke ab und hängte sie an einen der vielen Haken, bevor er sich niederließ.

»Mir ist der Appetit vergangen!« antwortete Grundmann, deutlich mißmutiger als sein Gegenüber.

»Ich kann das Tatar empfehlen! Es gibt in Köln kein besseres! Dazu noch ein leckeres Kölsch und die Welt ist in Ordnung!« Dabei klatschte Schmalenberg in die Hände und rieb sie tüchtig, so als ob er gerade aus der größten Kälte gekommen wäre und nun Gemütlichkeit demonstrieren müßte.

Ein Köbes kam vorbei, dessen mächtiger Bauch nur von einem schwarzen Lederriemchen gesichert wurde, das zudem noch die blaue Schürze und den Geldbeutel zu tragen hatte. Eine Werbung für Naturprodukte. Flink zog er die frisch gezapften Kölschstangen aus dem Metallkranz und verteilte sie ungefragt in seinem Revier. Auf diesen Moment hatte Schmalenberg gewartet.

»Sie gehen wohl häufiger hierher?« kommentierte Grundmann Schmalenbergs offensichtliche Vorliebe für dieses Lokal.

»Ab und an!« Diese Antwort mußte kurz ausfallen, wollte Schmalenberg doch keine Zeit bis zu dem ersehnten ersten Schluck verstreichen lassen.

»Haben Sie eigentlich an einem Samstagabend nichts Besseres zu tun, als mich hierher zu bestellen?«

»Arbeit, Herr Grundmann, die Arbeit! Nicht nur Sie haben manchmal am Wochenende Dienst!«

»Jetzt machen Sie sich bitte nicht auch noch über mich lustig! Mir geht es sowieso schon ziemlich bedrissen!« Grundmann stützte sich auf den Holztisch, er sah müde aus.

»Entschuldigung! Das wollte ich nicht!« lenkte Schmalenberg ein, »aber Sie hätten heute morgen meine Einladung ablehnen können!«

»Blieb mir denn etwas anderes übrig, nachdem Sie mein Verhältnis mit Sybille entdeckt hatten? Sie können sich wohl vorstellen, daß mir das mehr als peinlich war!«

»Köbes! Noch zwei Bier!« rief Hans dem blauen Ungetüm hinterher. »Wieso peinlich? Sie sind doch in der beneidenswerten Lage, eine solche Frau zu kennen.«

»Ach, hören Sie schon auf! Sie wissen doch genau, was mir blüht, wenn Sybilles Vater von der Sache erfährt!«

»Meinen Sie, daß er Ihnen Druck machen wird?«

»Worauf Sie sich verlassen können! Ich wäre erledigt! Und das so kurz vor meiner Facharztprüfung.« Resigniert sank Grundmann wieder in sich zusammen und tröstete sich mit seinem Bier.

»Das hätten Sie sich früher überlegen müssen!«

»Haben Sie sich schon was ausgesucht?« störte der Köbes die angeregte Unterhaltung.

»Ich hätte gern ein Tatar, aber mit viel Kapern und einer Scheibe Brot extra!« bestellte Schmalenberg. »Na, Herr Grundmann, wollen Sie nicht doch etwas essen?« Als der Arzt keine Antwort gab, orderte Schmalenberg gleich eine zweite Portion. Grundmann ließ unwidersprochen die Bestellung durchgehen.

»Meinen Sie nicht, Herr Grundmann, daß Sie alles etwas zu schwarz sehen?«

»Nicht schwarz, sondern realistisch!«

»Was kann Ihnen der Eichstätt schon anhaben? Schließlich sind Sie doch schon lange im Beruf!«

»Wenn es Ihro Gnaden nicht beliebt, werde ich weder in dieser Klinik noch sonstwo meinen Facharzt machen können. Sie unterschätzen seinen ungeheuren Einfluß. Und wie beschissen der Stellenmarkt ist, haben Sie auch am Beispiel unseres neuen Kollegen Arnold gesehen. Der hat seit mehr als einem Jahr die Klinken Kölner Krankenhäuser geputzt, um endlich eine Stelle zu bekommen, und das, obwohl er bereits ein Jahr Berufserfahrung in der Chirurgie nachweisen konnte. Selbst seine Promotion hat ihm nicht viel genützt!«

Damit war Grundmann offenbar bei seinem Lieblingsthema, was Schmalenberg eigentlich hatte vermeiden wollen. Höflichkeitshalber fragte er aber trotzdem nach: »Sie wollen mir doch nicht erzählen, daß in den vielen Krankenhäusern Kölns und Umgebung keine Stellen zu haben wären?«

»Das mit den guten Arbeitsmöglichkeiten für Ärzte hat sich seit ein paar Jahren grundsätzlich geändert. Früher wurde jeder eingestellt, egal ob er Ausländer war oder nicht einmal einem krepierten Hund den Arsch zunähen konnte. Nur die Approbation war wichtig. Heute dagegen läuft überhaupt nichts mehr!« Grundmann war wieder in seinem Element. »Erst recht nicht bei Kollegen, die nicht mehr konfessionell gebunden sind.«

Das Tatar wurde gebracht und weitere Gläser Kölsch.

»Was hat denn bei einem Arzt der Glaube mit der Qualifikation zu tun?« fragte Schmalenberg, bewaffnete sich mit Messer und Gabel und begann die Zwiebeln, das Ei und die Kapern in die frische Fleischmasse zu kneten. Dabei mußte er vor lauter Vorfreude mehrmals schlucken.

»Gar nichts, das ist es ja! Selbst beste Referenzen nutzen in einem kirchlich geführten Haus überhaupt nichts, wenn man nicht in der Kirche ist. Manche katholischen Verwaltungen verweigern sogar die Einstellung, wenn der Bewerber nicht kirchlich geheiratet hat oder sein Kind nicht getauft wurde, selbst wenn er überzeugter Katholik ist. Ich hasse das!«

»Nun beruhigen Sie sich mal und lassen Ihr Tatar nicht kalt werden«, unterbrach Schmalenberg, der diese Probleme bereits zur Genüge aus seinem Bekanntenkreis kannte und das ewige Lamentieren nicht mehr hören konnte.

Grundmann, bei dem sich mittlerweile die Alkoholprozente bemerkbar machten, nahm das Angebot dankend an.

Das *Päffgen* war völlig überfüllt. Unter großem Gezeter wurde ein Nachbartisch geräumt, der traditionsgemäß einem alten Ehepaar vorbehalten war, das hier jahrein, jahraus jeden Tag zu essen pflegte. Der Köbes riskierte lieber einen Streit mit seinen Gästen und damit ein gutes Trinkgeld, als sich die Sympathien der alten Leute zu verscherzen, die sich sofort bei der Leitung beschwert hätten. Völlig entnervt schüttete er sich danach ein Kölsch in den weit geöffneten Mund, Schweißperlen auf der Stirn.

»Die Mehrzahl von Köbes müßte Kürbisse heißen«, bemerkte Grundmann leise und deutete dabei auf den enormen Spitzkühler. »Übrigens heiße ich Martin!«

»Hans«, antwortete Schmalenberg und prostete seinem Gegenüber freundlich zu.

Der Abend nahm für Schmalenberg und Grundmann einen unerwartet angenehmen Verlauf. Mit zunehmender Zahl der Bierchen besserte sich die angespannte Stimmung, und mitunter vergaßen die beiden sogar den eigentlichen Grund ihres Treffens.

»Schau mal da drüben!« Grundmann deutete zu einem Tisch auf der gegenüberliegenden Seite des Raumes, wo ein Gast im

Rollkragenpullover in regelmäßigen Abständen seine Nase in die Nähe seiner Achselhöhle brachte und daran schnupperte.

»Wahrscheinlich ein Rolli mit einem hohen Kunstfaseranteil!« ergänzte Schmalenberg.

»Der testet sicherlich den Termin für die nächste Wäsche!«

»Bist du eigentlich verheiratet, Martin?«

»Nee!«

»In der Kirche?«

»Auch nicht! Das ist es ja, weshalb ich so Muffe habe, meine Stelle zu verlieren!«

»Aber wenn du ungebunden bist, dann brauchst du dir doch nicht ins Hemd machen! Du könntest dir ja woanders was suchen und die Stadt verlassen.«

»Und damit auch Sybille? Du spinnst wohl!«

So wie Hans heute Frau Bremer kennengelernt hatte, konnte er Martin durchaus verstehen.

»Wie lange kennst du eigentlich schon Sybille?«

»Seit zwei Jahren«, antwortete Grundmann, »wir haben uns auf einer Karnevalsveranstaltung kennengelernt.« Er hatte einen leichten Zungenschlag.

»Hat denn ihr Mann nie etwas von eurem Techtelmechtel mitbekommen?«

»Nee! Dieses alte Arschloch war so mit seiner Karriere beschäftigt, daß Sybille und ich keine Schwierigkeiten hatten, uns regelmäßig zu treffen. Vergiß nicht die vielen Nachtdienste, die einen Assistenzarzt an der lückenlosen Überwachung seiner Frau hindern.«

Schmalenberg grinste vor sich hin.

»Was ist denn, Hans?«

»Ich habe mich gerade gefragt, wie der Bremer mit seinem Geweih überhaupt in einen Sarg paßt.«

Beide mußten sich das Lachen verkneifen, um sich nicht gegenseitig der Pietätlosigkeit zu überführen.

»Liebst du Sybille?«

»Liebe? Ich weiß nicht genau…« Grundmann zögerte. »Vielleicht ist es auch Abhängigkeit, ich meine sexuelle Abhängigkeit! Das sind zwei Dinge, die ich nicht mehr auseinanderhalten kann.«

Schmalenberg war ganz betreten von dieser Offenheit. Ein Mensch mit einem Mord auf dem Gewissen würde sicherlich geschickter und zurückhaltender sein, dachte er, oder ist dieser Mann vielleicht gerade dadurch außerordentlich raffiniert?

»Ich bin dieser Frau verfallen«, fuhr Martin fort, »sie ist unbeschreiblich!«

Beim Anblick seiner leuchtenden Augen stieg mit dem Alkohol auch der Neid in Schmalenberg hoch.

»Habt ihr denn keine Zukunftspläne geschmiedet?«

»Nein, keine! Wir haben nur jeden Tag genossen!«

»Aber, ich glaube«, Hans mußte aufstoßen, die Hefe sorgte für die nötige Gasbildung, »ich glaube, daß ihr dem Bremer doch über kurz oder lang hättet reinen Wein einschenken müssen?«

»Wieso? Alles lief doch völlig problemlos. Sybille und ich trafen uns regelmäßig, wenn ihr Mann Dienst hatte. Außerdem war mir das scheißegal! Teuer genug war diese Beziehung sowieso.«

Grundmann trank sich etwas Mut an. »Wenn ich allein an die vielen Hotelrechnungen denke. Knete, die ich aber gern bezahlt habe. Die Nächte mit ihr waren berauschend. Das waren Momente, in denen ich alles vergessen konnte, die vielen verkorksten Beziehungen, den Streß im Krankenhaus! Erst du mit deinem raffinierten Trick mit der Redialtaste hast alles auffliegen lassen! Warum konntest du uns nicht in Ruhe lassen?!«

»Wieso ich? Ihr mußtet euch doch unbedingt im Schwimmbad treffen, oder? Und das wenige Tage nach dem Tod von Bremer!«

»Hätte ich doch nicht auf Sybille gehört! Sie meinte, wir hätten nichts zu befürchten.«

16.

Es goß wie aus Kannen. Die dicken Regentropfen spritzten auf den Gehsteig. Leise fluchte der Mann, als er sich seine feuchten Hosenbeine besah, und trat einen Schritt zurück in den Eingang eines alten Hauses. Das war ganz sicher nicht sein Tag. Er schlug den Kragen seines Lodenmantels hoch und schaute ungeduldig auf die Uhr: Schon halb eins! Schrecklich spät.

Er hätte schon längst gehen sollen.

Ungeduldig trat er von einem Bein auf das andere, ließ aber die beschlagenen Fensterscheiben der Kneipe auf der anderen Straßenseite nicht aus den Augen. Er war nervös. Hoffentlich hatte ihn bisher noch niemand erkannt... vielleicht doch? War da nicht dieses alte Mütterchen von eben, das ihn so merkwürdig lange angeglotzt hatte? Nein! Er beruhigte sich mit einer weiteren Zigarette und dem Gedanken, daß eigentlich auch gar nicht damit zu rechnen war. Wann war er auch schon mal in der Südstadt? Um seine gelackten Schuhe herum lagen bereits etliche ausgetretene Kippen.

Dumpfer Lärm drang auf die Straße. Die Kneipe begann sich zu leeren. Mit jedem Öffnen der Tür quollen weiße Rauchschwaden in die Nacht. Manche Gäste nutzten die frische Luft, um mit einigen hastigen Atemzügen der drohenden Nikotinvergiftung zu entgehen. Er wäre erstickt... und dann noch diese Musik! So war er trotz allem froh, hier draußen zu warten...

...wenn sich nicht seine volle Blase gemeldet hätte. Seit einer knappen Stunde kämpfte er mit sich und seinem dringenden Verlangen. Nur wenige Schritte entfernt lag ein Trümmergrundstück, der Ort der Erlösung. Aber nein! Er hatte Angst, gerade den Moment zu verpassen, für den er die Strapazen der regnerischen Nacht in Kauf genommen hatte. Durch die großen Glasfenster erkannte er im Gewühl hin und wieder das Gesicht eines Mannes Anfang zwanzig, der jedoch keine Anstalten machte, das Lokal zu verlassen.

Es ging nicht mehr! Mit einem Fluch auf den Lippen und einer zum Platzen gefüllten Blase hastete der Lodenmantel zu dem ersehnten dunklen Plätzchen, um in aller Eile unter dem

Wust von dickem Filz den Reißverschluß zu suchen. Er klemmte. Alles Ziehen und Zerren, Reißen und Schieben war vergeblich. Die Blase drohte! Tänzelnd versuchte er das Unglück abzuwenden. Schon meldeten sich die ersten Tropfen in seiner ausgeleierten Unterhose.

Da! Der Zipper gab nach. Endlich! Mit weitem Strahl genoß er die Erlösung, die ihn alles um sich herum vergessen ließ. Seine Augen verdrehten sich vor Glück, er lächelte verklärt. Als er jedoch wieder auf seinem Platz mit den Zigarettenkippen stand, wurde er von der Wirklichkeit eingeholt. Wo war der junge Mann? Das Gesicht mit den braunen, verfilzten Locken hinter der beschlagenen Scheibe war verschwunden! Mist! Sollte alles Warten umsonst gewesen sein? Sein Herz hämmerte, die Augen suchten die Straße ab… Nichts!

Plötzlich schob sich der Gesuchte aus der Eingangstür. Ein Freak mit schlabbrigen Pumphosen, der beim Anblick des lausigen Wetters angewidert seinen Mund verzog. Sofort nestelte er an seinem völlig verbogenen Regenschirm herum und versuchte, den Öffnungsmechanismus über die Knickstelle im Schaft zu schieben. Erst nach einem kräftigen Ruck spannte sich das zerlöcherte Stück Stoff auf die noch erhaltenen Reste des Schirmgestänges. Anschließend suchte der junge Mann in seinen weiten Parkataschen nach den Kopfhörern seines Walkmans. Die Ohren wurden mit den Schallspendern gestopft, der Klang noch justiert, dann trat er mit seinen ausgelatschten Turnschuhen den Heimweg an. Ihm war der im Hauseingang auf der gegenüberliegenden Straßenseite wartende Lodenmantel nicht aufgefallen, der sich diskret zurückgezogen hatte und sich erst mit einem gewissen Abstand an seine Fersen heftete.

Sie gingen an einem Penner vorbei, der unter einer kleinen überdachten Nische Schutz vor dem Regen gefunden hatte. Links ragten die Umrisse der alten Bootsmühle in den Himmel. Die Südstadt erschien wie ausgestorben.

Als der junge Mann den Ubierring überquerte, dann durch die Mainzerstraße auf den Hindenburgpark zusteuerte, verringerte der Lodenmantel seinen Abstand. Durch den dröhnenden Rock von Huey Lewis entgingen dem jungen Mann die ständig näher kommenden Schritte seine Verfolgers. Wer konnte bei diesem Wetter auch mit anderen Menschen auf der Straße rechnen.

Hastig schaute sich der Lodenmantel noch einmal um, bevor er aus seiner rechten Tasche ein Metallkabel holte, das an zwei Hölzern verdrahtet war. Er zitterte, seine Hände waren schweißnaß. Hoffentlich rutsche ich nicht von den Holzgriffen ab, war sein Gedanke, als er mit weit aufgerissenen Augen die Metallschlinge über den Kopf seines Opfers warf und brutal zuzog.

Der junge Mann hörte gerade *Pipes of Peace* von Paul McCartney, als die Nacht schlagartig noch dunkler wurde.

17.

»Du scheinst dich in Berlin ja prächtig erholt zu haben«, stellte Schmalenberg fest, nachdem er zu seinem großen Erstaunen eine blendend gelaunte Ulrike in dem frisch gestrichenen Büro begrüßen konnte.

»Mir hat dieser kleine Wochenendausflug auch richtig gutgetan, aber von Erholung kann überhaupt nicht die Rede sein. Meine Freundin und ich sind nämlich mächtig abgestürzt.«

»Und wie erklärt sich dann deine gesunde Gesichtsfarbe, du machst damit ja sogar unserer renovierten Behausung Konkurrenz!«

»Alles Maske, mein lieber Hans! Heute morgen mußte ich den Putz halt etwas solider auftragen«, lächelte Ulrike ihren Kollegen an, »willst du deinen Kaffee mit Milch oder schwarz?«

»Und ich habe mir nach unserem Telefonat vom Freitag solche Sorgen gemacht!«

»Deshalb mag ich dich ja auch! Schwarz oder weiß, was wünschen der Herr?«

»In diesem Falle braun, ich kann mich nicht entscheiden!«

Sie wollten sich gerade zum traditionellen Montagmorgenplausch niederlassen, als sie über Telefon zum Fundort einer Leiche in die Südstadt gerufen wurden.

»Mist! Das hat uns ja gerade noch gefehlt!« stöhnte Ulrike, die sich auf ein gemütliches Frühstück gefreut hatte. »Können wir diesen Fall nicht einem Kollegen andrehen, unserem lieben Müller zum Beispiel? Ich hätte dir so gern von Berlin erzählt!«

»Ach komm, Ulrike! Das kann doch ganz spannend werden«, versuchte Hans sie zu überreden, der nach dem langweiligen Sonntag ganz froh über einen neuen Auftrag war. »Du kannst mir ja im Wagen von deinen aufregenden Abenteuern berichten.«

Mißmutig erhob sich Ulrike von ihrem Platz und zog ihre schwarze Pelerine vom Garderobenhaken. Kurz nach dieser sündhaft teuren Anschaffung hätte sie fast einmal ihre Versetzung beantragt, als nämlich Hans die Frechheit besessen hatte, die deswegen »Zorro« zu nennen. Sie lehnte sich lässig an den Türrahmen und schwenkte mit laszivem Blick und entblößtem Knie ihre Handtasche wie eine Professionelle.

»Kommst du endlich, Schatz!«

Müller, der das gehört hatte, stürzte aus seinem Büro und fragte ganz verdutzt: »Hat mich jemand gerufen?«

Schmalenberg und Bohlmann bogen sich vor Lachen.

Auf dem Flur des Kommissariats kam ihnen Söns entgegen. »Na? Wollen meine verehrten Kollegen wieder ins Café Fleur?«

»Diesmal nicht, Herr Söns, unser Büro glänzt wieder durch gewohnter Unordnung! Haben Sie etwa heute keinen Spruch auf Lager?« wollte Schmalenberg wissen, betont freundlich, versteht sich.

»Geben Sie mir ein Stichwort, Herr Schmalenberg!«

»Wir sind zu einem Mordfall unterwegs.«

Söns überlegte einen kleinen Moment. *»Eheu fugaces, Postume, Postume, labuntur anni – O weh, wie flüchtig, Postumus, Postumus, vergehn die Jahre!* Horaz.«

»Alle Achtung, Söns«, bemerkte Bohlmann anerkennend, »ich werde mich heute abend aber hinsetzen und den Spruch überprüfen!«

»Dann wünsche ich Ihnen viel Spaß dabei! Noch einen schönen Tag!« Flüchtig erhob er die Hand zum Gruß und marschierte triumphierend zu seiner Arbeitsstelle.

Während der Fahrt zur Südstadt erzählte Schmalenberg seiner Kollegin ausführlich, auf welch geniale Weise er den Namen von Sybille Bremers Freund herausgefunden und wie er Grundmann zu einem Bierchen im *Päffgen* überredet hatte. Aber statt des erwarteten Lobs für den Trick mit der Redialtaste erntete er von Ulrike nur Vorwürfe: »Du hältst dich wohl für ganz schön clever! Ich kann ja verstehen, daß bei einigen Gläsern Kölsch gewisse Sympathien aufkommen, aber sich gleich zu duzen, ist unmöglich! Du bist und bleibst ein Vollidiot! Du verwässerst mal wieder unsere Ermittlungen!«

»Nun reg dich ab, Ulrike! Du kennst ja meine Schwierigkeit, mich mit netten Leuten zu siezen. Ich kann halt nichts dafür!«

»Das ist mir völlig schnuppe!« blieb Ulrike standhaft bei ihrer Kritik. Wie oft hatten sie schon diese Diskussion geführt, daß Distanz in ihrem Beruf eine absolute Notwendigkeit war. »Wie kannst du einigermaßen objektiv gegen einen Verdächtigen ermitteln, den du duzt?«

»Martin muß ja nicht unbedingt Dreck am Stecken haben!« versuchte sich Hans zu entschuldigen, sie hatte ja mit ihren Vorwürfen nicht ganz unrecht.

»Na bitte! Da haben wir es! Du nimmst ihn ja schon jetzt in Schutz! Wenn ich einmal nicht den Aufpasser spiele, machst du gleich Dummheiten!«

»Dann laß mich eben das nächste Mal nicht allein in dieser großen Stadt zurück, sondern bleib gefälligst bei mir! Ich habe dich vermißt!« Oh weia, nun ist es passiert, dachte Schmalenberg, ausgerechnet jetzt ist mir diese Bemerkung rausgerutscht, wo sich doch Ulrike noch vor kurzem jegliche Vertraulichkeit unter Kollegen verbeten hatte.

»Wirklich?« fragte Ulrike.

Es entstand eine jener wundervollen Pausen, in denen Adrenalin eine wichtige Rolle spielt.

An den Absperrungen am Hindenburgplatz drängten sich schon neugierige Menschenmassen, die von einem Grünen mit Stern auf der Schulter in Schach gehalten wurden. Gerade wollte er auch Bohlmann und Schmalenberg mit der ganzen Kraft der ihm verliehenen Autorität in die Schranken weisen, als sie ihre Ausweise zeigten. Mit einem ehrfürchtigen »Oh, Verzeihung« gewährte er großzügig Durchlaß und wies dabei auf den Fundort der Leiche.

Hans trat an das Gebüsch, unter dem zwei Turnschuhe hervorschauten, und schob die feuchten Zweige auseinander. Mit einem leichten Anflug von Übelkeit wandte er sich ab. »Erspar dir das, Ulrike!« Trotz seiner vielen Dienstjahre konnte und wollte er sich nicht an einen solchen Anblick gewöhnen.

»Das wurde aber auch langsam Zeit!« dröhnte eine Stimme

von hinten. »Guten Tag, Frau Bohlmann! Tach, Hans!« Der Gerichtsmediziner hatte offenbar schon auf sie gewartet und schlug freudestrahlend Hans auf die Schulter. »Wie gehts, alter Junge?« Ohne eine Antwort abzuwarten, begann er seinen Befund herunterzubeten. »Soweit ich die Lage bisher beurteilen kann, ist dieser junge Mann mit einem flexiblen dünnen Gegenstand, wahrscheinlich einem Metalldraht, erdrosselt worden. Witzigerweise hat er gerade *Pipes of Peace* von Paul McCartney gehört, bevor es zur Empfangsstörung kam. Ich habe vor kurzem noch im *Stadtanzeiger* eine Notiz gelesen, in der vor der Benutzung eines Walkmans im Straßenverkehr gewarnt wurde.«

»Du mußt natürlich wieder deinen Senf dazugeben«, wies ihn Hans zurecht. »Du bist und bleibst ein abgefuckter Gerichtsmediziner!«

»Komm, sei vorsichtig, Hans! Sonst kannst du dich gleich danebenlegen!«

Dieses dümmliche Imponiergehabe unter Männern, dachte Ulrike. »Wenn die beiden Herren ausgegockelt haben, kann mir der gute Onkel Doktor vielleicht etwas über den Zeitpunkt des Todes sagen?«

»Aber sehr wohl, gnädige Frau!«

»Lassen Sie Ihre Sprüche!«

Verschreckt wich der Gerichtsmediziner einen Schritt zurück. »Ich vermute, daß der Tod so um ein Uhr morgens herum eingetreten sein dürfte. Genaueres werde ich aber erst nach der Untersuchung sagen können. Der Mann wurde von hinten erdrosselt. Meiner Meinung nach war der Mörder aber kein Profi. Er hat das Kabel so fest angezogen, daß er fast den ganzen Kopf abgetrennt hat. Mit ein bißchen weniger Mühe hätte er sein Ziel auch erreicht.«

Schmalenberg kannte diesen Arzt schon lange, mußte sich aber immer wieder über dessen unglückliche Ausdrucksweise wundern. »Du kannst ja mal ein Handbuch herausgeben, wenn du meinst, daß dabei immer so viele Fehler gemacht werden!«

»Das ist in Arbeit!« flunkerte der Gerichtsmediziner. »Was ich aber damit sagen will, ist, daß es sich wahrscheinlich um einen Mann als in Frage kommenden Täter handelt!« Und zu Ulrike gewandt: »Verzeihen Sie, Frau Bohlmann, ich wollte natürlich nicht Ihr schwaches Geschlecht diskriminieren!«

»Was Sie nicht sagen! Zu solchen brutalen Anwandlungen wären wir Frauen auch gar nicht in der Lage, Herr Doktor!«

»Herr Hauptkommissar«, tönte von der Seite übertrieben laut ein Steifenbeamter, der zackig neben Schmalenberg aufmarschiert war, »die Spurensicherung läßt ausrichten, daß es sich bei dem Toten um einen gewissen Rudolf Hecker handelt!«

Der junge Polizist kramte umständlich einen kleinen Zettel heraus und begann zu lesen: »Wohnhaft in der Alteburgerstraße vierundachtzig. Er lebte dort zusammen mit seiner Freundin. Zwei meiner Kollegen sind bereits dort, um sie über den Tod ihres Freundes zu informieren und die Adresse der Eltern zu erfahren!«

Statt ihn wegen seines Diensteifers zu belobigen, wie er erwartet hatte, betrachtete Ulrike den Polizisten mit einer gewissen Skepsis. »Hoffentlich lassen Ihre Kollegen dabei das nötige Taktgefühl walten!«

»Aber sicher doch! Das haben wir schließlich auf der Polizeischule gelernt!« kam prompt die Antwort.

Schmalenberg konnte sich ein Grinsen nicht verkneifen. »Hat man irgendetwas bei dem Jungen gefunden?« Normalerweise erkundigte er sich lieber direkt bei den beiden Kollegen vom Erkennungsdienst, aber er mochte den jungen Beamten nicht vor den Kopf stoßen. Ein ausführlicher Bericht würde ja ohnehin noch folgen.

»Man hat bei dem Toten nicht viel gefunden. Einen Haustürschlüssel, etwa fünfzehn Mark Kleingeld, zwei Tonbandkassetten neben einem Walkman, einen völlig aufgeweichten Personalausweis und ein Bild, vermutlich das seiner Freundin.«

Hans kostete es aus, mal wieder den urwüchsigen westfälischen Dialekt zu hören, über den er schon früher immer herzhaft gelacht hatte. Allein wenn er nur an die monotonen Schützenfestansprachen dachte. »Sie kommen aus Ostwestfalen?« erkundigte sich Hans scheinheilig.

»Chuta Chott, abba ja doch, Herr Hauptkommissar. Ich komme von Elsen wech, bei Paderboarn! Wieso? Höart man das?«

18.

Die Nummer vierundachtzig in der Alteburgerstraße war ein heruntergekommenes Haus in der Südstadt und gehörte zu den zwanzig Prozent Bausubstanz, die den letzten Weltkrieg überstanden hatten. Bohlmann rümpfte die Nase, als sie zusammen mit Schmalenberg den nach Urin stinkenden Hauseingang betrat. Die Eingangstür klemmte, eine der beiden Fensterscheiben war zerbrochen. Im Halbdunkel der Flures erkannten sie teils aufgebrochene, teils heruntergerissene Briefkästen. Hier wohnten überwiegend Ausländer. Unter den fremd klingenden Namen traten die von Rudolf Hecker und seiner Freundin Helga Fischer geradezu exotisch hervor. Die Stufen im Treppenhaus knarrten, auch das Geländer entsprach ganz sicher nicht mehr den erforderlichen TÜV-Normen.

»Was für ein Loch!« stellte Hans angewidert fest, als er auch noch die zerplatzte Glühbirne im ersten Stockwerk bemerkte. »Das ist nur noch eine Frage der Zeit, bis Spekulanten dieses Gemäuer aufgekauft haben.«

»Um es nach einer billigen Sanierung teuer zu verscherbeln«, ergänzte Ulrike.

In der zweiten Etage stießen sie auf eine Wohnungstür, deren Kratzer mit einer überdimensionalen Friedenstaube und einem kleinen roten Sticker »Frieden schaffen ohne Waffen« überklebt waren.

»Am liebsten würde ich wieder verschwinden«, bekannte Ulrike, die diese Atmosphäre bedrückte. Ihr war kalt.

Hans betätigte den Klingelknopf über dem selbstgetöpferten Schild mit den Namen von Hecker und Fischer.

Fast wollten die beiden nach einer Weile wieder kehrtmachen, als allmählich langsam schlurfende Schritte zu hören waren und ihnen die Tür geöffnet wurde. Ihnen bot sich ein Bild des Jammers, eine hagere Frau Mitte zwanzig in einem langen indischen Gewand mit verquollenen und verweinten Augen stand vor ihnen.

»Kommen Sie bitte herein«, forderte sie müde die beiden auf. »Wollen Sie denn gar nicht wissen, wer wir sind?« fragte

Ulrike in sanftem Ton, sie zögerte noch, der Aufforderung der jungen Frau nachzukommen.

»Nicht nötig! Ihre Kollegen waren ja gerade da und haben mich schon auf Ihr Kommen vorbereitet.« Ihre Stimme klang monoton und kraftlos.

»Haben die Polizisten wenigstens einigermaßen schonend den Grund unseres Besuches mitgeteilt?« fragte Ulrike voller Mitgefühl.

»Die haben sich größte Mühe gegeben. Fast hätten die beiden Bullen mit zu weinen begonnen.«

Na, dann war die Polizeischule doch zu etwas nütze, dachte Hans und begleitete die beiden Frauen möglichst lautlos in die Wohnung, nachdem er die Tür zum Treppenhaus ebenso unauffällig geschlossen hatte. Alternative Frauen in einer Trauerphase dürfe man auf gar keinen Fall stören, war sein eherner Grundsatz. Ein Wort zuviel und am falschen Ort und man hat verschissen bis zur Steinzeit, überlegte er, als er die beiden beobachtete.

Ulrike hatte einen Arm um Heckers Freundin gelegt und versuchte, sie ein wenig zu trösten, um ihr Vertrauen zu gewinnen. Schließlich ist Ulrike auch nur ein Bulle… oder besser eine »Bullin«? An dieser Stelle fragte sich Hans, ob der Ausdruck »Kuh« nicht vielleicht doch treffender wäre, wo doch die Frauenbewegung immer auf einer weiblichen Berufsbezeichnung besteht und es noch kein abfälliges Wort für Polizistinnen gibt.

Im Wohnzimmer saßen Ulrike und Helga Fischer auf einem ausgelatschten Sofa einträchtig nebeneinander. Sie schwiegen.

Ulrike berührte den Kopf des bitterlich weinenden Mädchens und drückte ihn sanft gegen ihre Schulter, um ihr vorsichtig und behutsam über die langen, mit Henna gefärbten Haare zu streicheln.

»Schschsch«, hauchte sie und versuchte, die Kleine zu beruhigen.

In dem feuchtkalten Zimmer stand ein alter Kanonenofen, der im Winter sicherlich nur mühsam die vier Meter hohen Räume zu heizen imstande war. An den Wänden waren große indische Tücher aufgespannt worden, um die verdreckten Stellen der Rauhfasertapete zu bedecken. Das große Erkerfenster zierte eine sorgsam gepflegte Birkenfeige, die Schatten auf einen alten Sessel warf, in dessen ausgeleierter Sitzfläche sich die Sprungfedern abzeichneten. Auf einer billigen Perserteppichimitation in der Mitte des Raumes erholte sich gerade eine altersschwache Katze von ihrem anstrengenden Versuch, die Tapete neben der Eingangstür herunterzukratzen. Das einzige Prunkstück der Wohnung war ein ausgeblichenes Kellerregal, in dem eine zu den offensichtlich mageren wirtschaftlichen Verhältnissen so gar nicht passende kostbare Stereoanlage mit einer riesigen Plattensammlung stand.

Wie ein Häufchen Elend hing Heckers Freundin zusammengesunken in Ulrikes Armen.

»Wer kann nur so was tun… Warum nur mein Rudi? Was für ein altes Schwein hat meinen Rudi auf dem Gewissen?« waren die ersten kaum hörbaren Worte. »Rudi hat keiner Fliege was zuleide getan. Warum nur… warum ausgerechnet Rudi?«

Das Mädchen brach wieder in einen Schwall von Tränen aus, so daß Ulrike sie fester an sich drückte.

Unterdessen schaute sich Schmalenberg in der Wohnung um, in der ihn manches an seine alten Wohngemeinschaftszeiten erinnerte. So stieß er in der Küche auf etliche Gläser mit verschiedenen Körnern, die neben getrockneten Früchten auf die Verarbeitung zu einem herzhaften Müsli warteten. Natürlich wurde nur brauner Zucker verwendet. Selbst ein *Eduard*, so hatten sie damals ihren Kefir-Pilz genannt. fehlte nicht und säuerte in einem Milchglas auf der Fensterbank vor sich hin.

Die einzigen Zugeständnisse an die Welt der Technik waren Kühlschrank, Gasherd und ein altmodischer Toaster, dessen Seiten herunterzuklappen waren, um die Brotscheiben zu wenden. Der Ausschuß an verbranntem Material lag bei versierter Anwendung bei ungefähr dreißig Prozent, schätzte Schmalenberg. Wer sich nicht schon alles an diesem Ding die Finger verbrannt haben mochte!

Im Schlafzimmer fand er eine weitere Stereoanlage. Kopfhörer lagen auf dem abgewetzten Parkettboden herum, über ein langes Kabel mit einem Verstärker gekoppelt. Fein säuberlich standen sechs Gitarren an der Wand, schräg und pedantisch aufgereiht wie parkende Autos. Der klassische Musikfreak, überlegte Hans, der selbst nur den Kamm perfekt beherrschte, und bestaunte die darüberhängende Mandoline und Ukulele, zwei wunderschöne Stücke.

Unzählige Tonbandkassetten füllten das Regal neben dem selbstgebauten Doppelbett, in dessen Kasten wahrscheinlich Schlafsack und Zelt für viele Griechenlandreisen aufbewahrt wurden. Ganze Fotoserien von langweiligen Sonnenuntergängen über diesem Eldorado der Alternativen schmückten nämlich die gläsernen Wechselrahmen. Schließlich kehrte Hans wieder zurück zu dem Raum mit den beiden Frauen, die sich etwas beruhigt zu haben schienen.

»Helga hat mir erzählt«, begann Ulrike, »daß Rudi am Montagmorgen vergangener Woche plötzlich dreihundert Mark Bargeld hatte!«

Ulrike, dieser alte Pharisäer, duzt sich offenbar mit ihr, dachte Hans verärgert, und mich macht sie an, daß ich mit Grundmann Brüderschaft getrunken habe. »Hat er Ihnen erzählt, woher er auf einmal das Geld hatte?« fragte Hans in bewußt sanfter und gedehnter Tonlage.

»Nein, keine Spur. Rudi meinte nur, er habe die Moppen für eine kleine Gefälligkeit bekommen. Einen Grund hat er nicht genannt.«

»Hat er nicht wenigstens eine Andeutung gemacht, wer ihm das Geld gegeben hat?«

»Nein, keine.«

»Gab es sonst irgendetwas Besonderes in den vergangenen Wochen oder Monaten, vielleicht ungewöhnliche Kontakte?«

Helga Fischer saß zusammengekauert da und bemühte sich, unter Aufbietung aller Kräfte in ihrem Gedächtnis zu kramen.

»Vielleicht doch. In der letzten Zeit kam hin und wieder ein Arzt vorbei, um Rudi etwas Blut abzunehmen.«

»Und warum?«

»Ich weiß auch nicht genau. Ich glaube, Rudi hatte eine seltene Blutgruppe.«

»Kennen Sie den Namen oder können Sie die Person beschreiben?« blieb Hans hartnäckig, nachdem er gemerkt hatte, daß sich die junge Frau wieder etwas gefangen hatte.

»Nöö, eigentlich nicht. Rudi hat uns nie bekannt gemacht, wozu auch. Auffällig war vielleicht seine gestelzte Art, aber so sind Ärzte ja wohl.«

»Viel ist das nicht, was Sie uns da erzählen können«, meinte Hans resigniert, »wieviel bekam denn Ihr Freund für eine Blutabnahme?«

»Achzig Mark!« antwortete sie und schneuzte sich in einen kleinen indischen Fummel. »Wir sind leider immer knapp bei Kasse, so daß uns das Geld ganz gelegen kam. Rudi verdiente nämlich mit seiner Musik und den Gitarrenstunden nicht besonders viel.«

»Was machen Sie denn beruflich?«

»Ich bin arbeitslos!« Und als ob Hans mit seiner Frage einen wunden Punkt getroffen hätte, begann sie wieder herzzerreißend zu weinen.

»Ru... di...«, schluchzte sie, »Rudi hat sich seit letztem Dienstag ganz komisch benommen.«

»Inwiefern, Helga?« fragte Ulrike.

»Rudi blieb stundenlang in seinem Bett liegen und starrte nur an die Decke. Sogar seine Gitarrenstunden ließ er platzen. Und das alles nur wegen einer popligen Zeitungsnotiz über den tödlichen Unfall eines Arztes. Danach war Rudi wie umgewandelt. Ich habe ihn immer wieder gefragt, was er mit diesem Typen zu schaffen hätte, aber nix da, er rückte nicht mit der Sprache raus. Ich hatte irgendwie das Gefühl, daß Rudi Dreck am Stecken hatte.«

Hans kam ein unheimlicher Verdacht. »Hieß dieser Arzt zufällig Dr. Bremer?«

»Das kann schon sein, ich weiß nicht genau!«

»Hatte Ihr Freund Angst?«

»Angst? Nein, Rudi hatte keine Angst. Aber ich glaube, daß er in einer schmutzigen Sache drin hing, die ihn wahnsinnig belastet hat. Rudi war ein absolut friedlicher Mensch, müssen Sie wissen.«

»Hat Herr Hecker auch selbst Musik gemacht?« fragte Hans scheinbar völlig zusammenhanglos, was ihm einen erstaunten Blick seiner Kollegin einbrachte.

»Ja! Und sehr gute sogar«, erklärte Helga Fischer voller Stolz, »er hatte eine Gruppe, mit der er sich regelmäßig dienstags traf!«

»Gibt es darüber Tonbandaufzeichnungen? Ich meine so... Demobänder?«

»Aber klar doch! Die Band hat fast alle Sessions mitgeschnitten.«

»Haben Sie zufällig so ein Tonband hier, und könnte ich da vielleicht mal reinhören?« erkundigte sich Hans ganz ungeduldig, »vorausgesetzt natürlich, daß Sie dazu jetzt überhaupt in der Lage sind.«

Die junge Frau wunderte sich zwar über Schmalenbergs plötzliches Interesse für Rudis Musik, erhob sich aber, um einige Kassetten zu holen.

Als Hans zwischen zwei Gesangsstücken einmal die Musiker miteinander sprechen hörte, unterbrach er plötzlich: »Halt! ...Ist das die Stimme Ihres Freundes?«

»Ja! Das ist mein Rudi!«

Er ignorierte die erneute Flut von Tränen und suchte das Telefon, das unter Bergen von Kissen verborgen lag. Heckers Freundin hatte sich damit wohl vor lästigen Anrufern schützen wollen. Dann wählte er die Nummer des Präsidiums und ließ sich mit Söns verbinden.

»Hallo, Herr Söns«, rief Hans in die Muschel, »Schmalenberg am Apparat. Ich habe mal eine wichtige Frage.«

In diesem Augenblick spulte er die Kassette zurück und ließ Rudis Anweisungen für das nächste Musikstück noch einmal ablaufen.

»Fällt Ihnen zu dieser Stimme irgendetwas ein, Herr Söns?« Hans drehte den Lautstärkepegel auf.

»Aber Herr Schmalenberg!« tönte das Organ von Söns aus

dem Hörer. »Das gibt es doch nicht! Das ist der anonyme Anrufer!«

19.

»Ach du Scheiße!« Bohlmann hatte begonnen, in einer Illustrierten zu blättern, während Schmalenberg den Dienstwagen zum Kommissariat zurücksteuerte. Kopfschüttelnd wandte er sich seiner Kollegin zu, die fasziniert auf eine Anzeige stierte.

»Was ist denn jetzt schon wieder?«

»Ach nichts! Die schreiben nur so einen grenzenlosen Schwachsinn!«

Hans war fassungslos. Und das nicht etwa, weil er von einem Taxifahrer geschnitten wurde. »Manchmal fällt mir nichts mehr ein. Wo wir gerade vor neuen und wichtigen Erkenntnissen stehen, hast du nichts Besseres zu tun, als dich über so einen Kicki aufzuregen!«

»Nun mach aber mal halblang, Hans! Wir haben schließlich Montag und dafür schon jede Menge unerfreulicher Dinge erledigt.« Sie blätterte weiter in ihrer Zeitschrift. »Da tut doch etwas Abwechslung not, oder?«

»Ich bitte dich. Dafür habe ich jetzt keinen Nerv! Überlege dir lieber, was wir aus den bisherigen Tatsachen machen können!«

»Also gut!« resignierte Ulrike und legte widerwillig das kostbare Papier in die Ablage. Sie schaute aus dem Fenster des Wagens und sah sich einmal mehr von Autos umringt.

Neben ihnen stand ein hellblauer Golf, dessen dicklicher Fahrer den kurzen Halt im Stau nutzte, um hastig in seinem neu erstandenen Herrenmagazin die Seiten aufzuschlagen, deretwegen er sich in Unkosten gestürzt hatte. Verträumt betastete er mit seinen feuchten Fingern die Fotos auf dem Hochglanzpapier.

»Wir kennen zwar den Namen von Sybille Bremers Freund und wissen nun auch, wer der anonyme Anrufer war«, begann Hans zu resümieren, schaltete den Polizeifunk ab, da ihm das Gekrächze auf die Nerven ging, »aber den Durchbruch haben wir damit noch lange nicht geschafft!«

Als er sich eine Zigarette anzündete, öffnete Ulrike demonstrativ das Fenster, auch wenn sie dadurch den Qualm des

Glimmstengels gegen den Mief der Autoabgase eintauschte. Die Geste war wichtig.

»Mein lieber Hans! Nun sei nicht gleich frustriert«, versuchte Ulrike ihren Kollegen zu trösten, »deine Arbeit gerade in diesen beiden Punkten war schon große Klasse!«

»Danke!«

»Bitte! Immerhin ist mir jetzt klargeworden, daß nicht die Autowerkstatt für den Tod Bremers verantwortlich zu machen ist, sondern daß es sich dabei um einen eiskalt geplanten Mord handelt!«

»Na, dann laß mal hören!« Er begann zu husten, ein Übel, das in der letzten Zeit deutlich zugenommen hatte.

»Du solltest nicht soviel rauchen!« schulmeisterte sie. »Ich hoffe, du bist dir bewußt, daß im Herbst die nächste Personaluntersuchung ansteht!«

»Na und?«

»Sollte sich dabei herausstellen, daß du dienstuntauglich bist, kann ich mir bald einen anderen Partner suchen. Also reiß dich gefälligst zusammen!«

»Fängst du schon wieder damit an. Erkläre mir lieber, weshalb du in der ganzen Geschichte den eiskalt geplanten Mord witterst!«

»Unser Täter hatte sich seine Sache fein ausgedacht: Er engagierte einen Unbekannten, der ein paar müde Mark ganz gut gebrauchen konnte, und ließ von ihm an Bremers ganzem Stolz die beiden Vorderreifen zerstechen. Was sind schon zwei schlauchlose Reifen mit schönen Schlitzen? Völlig wertlos! Also mußte der Wagen notgedrungen in die Werkstatt zur Reparatur. Unser Mister X lag nun auf der Lauer und wartete, bis das Fahrzeug wieder einsatzbereit vor der Wohnung stand. Niemand schöpfte Verdacht, weil hier und da schon immer der eine oder andere Reifen geschlitzt wird. Die Welt ist ja so schlecht! Der Täter nutzte nun die Gunst der darauffolgenden Nacht, um sich selbst an den Vorderrädern zu schaffen zu machen, denn, so sein Gedanke, wenn der Wagen verunglücken sollte, würde der Verdacht automatisch auf die Werkstatt fallen. Er hatte bei dieser ganzen Aktion noch das Glück des Anfängers, denn nur im Film pflegen solche präparierten Autos auch zur rechten Stunde und am richtigen Ort zu verunfallen, wie wir das in unserem Amtsdeutsch nennen. Sein Plan wäre vielleicht auch aufgegangen, hätten wir nicht diesen anonymen Anruf bekommen und deswegen mit unseren Recherchen begonnen.«

»Warte mal, Ulrike!« fiel ihr Hans ins Wort und griff zu einer weiteren Zigarette. »Das ist ein ganz entscheidender Punkt. An dieser Stelle wird sich nämlich der Täter gefragt haben, warum wir unsere Ermittlungen fortsetzten.«

»Genau! Demnach sind wir von diesem Mister X in der vergangenen Woche beobachtet worden... oder anders: Wir müssen den Täter in dem Dunstkreis suchen, den wir bislang mit unseren penetranten Fragen gelöchert haben!«

Hinter ihnen begann ein ohrenbetäubendes Hupkonzert, als Hans einen Moment mit dem Anfahren gezögert hatte und eine Lücke zum vorausfahrenden Fahrzeug entanden war.

Ulrike drehte sich um und zeigte dem Hintermann gut sichtbar ihren gestreckten Mittelfinger. »Wichser!«

»Bleib beim Thema und konzentriere dich!« meckerte Hans. »Der gute – oder besser – schlechte Mann wird sich also wahrscheinlich gefragt haben, wieso wir die Frechheit besaßen, einfach weiterzuforschen. Er begann zu ahnen, daß wir auf eine Spur gestoßen sind! Und das war der Moment, an dem der Mörder kalte Füße bekam. Entweder ist er in der Nacht von Montag auf Dienstag gesehen worden, oder aber der Reifenstecher hatte sich gemeldet. Wenn der nämlich auspacken würde, wäre die ganze Mühe vergeblich gewesen...und um das zu verhindern, mußte Hecker dran glauben!«

»Unsere Sprache ist doch manchmal pervers«, gab Ulrike zu bedenken, »woran sollte Hecker schon glauben?«

»Laß deine philosophischen Anwandlungen. Sag mir lieber, was du von unserem Gedankengang hältst.«

»Das klingt eigentlich alles ganz logisch. Trotzdem bleiben da noch einige Fragen.«

»Und die wären?«

»Warum hat unser Mister X nicht selbst die Reifen zerstochen, sondern eine fremde Person eingeschaltet?«

»Vielleicht weil er nur einmal vor Bremers Haus gesehen werden wollte, wenn überhaupt.«

»Oder warum können wir ausschließen, daß Hecker nicht nur die Reifen zerstochen, sondern auch die Radmuttern gelöst hat?«

»Dafür wären drei Hunnis zu wenig gewesen. Außerdem war Hecker nicht der Typ dafür.«

»Rein theoretisch kommt aber auch Hecker in Frage.«

»Unwahrscheinlich.«

Nachdem Schmalenberg den Wagen vor dem Kommissariat geparkt hatte, hinderte ihn Ulrike am Verlassen und zupfte ihn am Ärmel. »Warte bitte, wir sind noch nicht am Ende! Mir geht einfach nicht dieser Typ aus dem Kopf, der Hecker das Blut abgenommen hat. Seltene Blutgruppe, daß ich nicht lache! Dafür ist doch normalerweise eine Blutbank zuständig, die derjenige selbst aufsuchen muß. Nee, nee, mit diesen Hausbesuchen des Arztes stimmt was nicht.«

»Da magst du recht haben! Könnte dieser ominöse Blutabnehmer, der manchmal in Heckers Wohnung kam, nicht vielleicht mit der Person identisch sein, die ihm die dreihundert Mark für das Zerstechen der Reifen zugesteckt hat?«

»Warum nicht!« antwortete Ulrike nachdenklich. »Ich sehe, wir kommen dem Problem schon näher. Ich könnte weinen«, fügte sie traurig hinzu, »wenn ich daran denke, daß dieser arme Teufel Hecker noch am Leben wäre, wenn wir unsere Ermittlungen rechtzeitig eingestellt hätten.«

Betreten verließen beide das Auto und begaben sich in das Dienstgebäude, wo sie im Treppenhaus ihrem Chef begegneten, dessen Laune wieder einmal nicht zum besten stand.

»Ach, Schmalenberg! Gut, daß ich Sie treffe!« polterte er sofort los. »Ihr Diensteifer in Ehren, aber wenn Sie schon in der Sache Bremer ermitteln, dann brauchen Sie sich nicht gleich noch einen zweiten Fall an Land zu ziehen. Ich meine den Toten am Hindenburgpark. Müller hat sich schon bei mir beschwert.«

Hans und Ulrike schauten sich verdutzt an. Hans berichtete vom Tod Heckers und dessen Rolle als anonymer Anrufer.

»Na… na…«, stammelte der Chef und stand auf dem Trockenen, sein Anschiß war ein Eigentor, »dann bitte ich um Entschuldigung!«

Dieser Rückzieher mußte ihm schwergefallen sein.

20.

Zur gleichen Zeit machte es sich ein Mann im grauen Anzug hinter seinem Schreibtisch bequem. Dann drückte er die Taste der Sprechanlage: »Frau Cremer?«

»Ja bitte, Herr Doktor? Was kann ich für Sie tun?«

»Vor etwa zwei Stunden habe ich Sie um die Akte Bremer gebeten! Erwarten Sie etwa, daß ich persönlich komme und sie mir selbst hole?« fragte der Mann ungehalten, ohne jedoch seiner Fistelstimme dadurch einen autoritären Unterton geben zu können.

»Oh Verzeihung, Herr Doktor!« erwiderte die Sekretärin im Vorzimmer mit gespielter Unterwürfigkeit und schmunzelte einmal mehr über den hilflosen Versuch ihres Chefs, in ganzer Härte durchgreifen zu wollen, »das habe ich völlig vergessen.«

Ohne jegliche Eile stellte sie erst ihre Kaffeetasse ab und wischte sich dann mit einer grünen Papierserviette die Kuchenreste vom Mund. Dann fischte sie in aller Ruhe das gewünschte Exemplar aus der Ablage und betrat das Zimmer ihres Chefs.

»Bitte sehr, Herr Doktor!« Mit diesen Worten legte sie die Akte auf seinen Schreibtisch und fragte in einem Tonfall, der keinen Widerspruch duldete: »Sie brauchen mich doch heute nicht mehr, oder!?«

»Nein, nein! Schon gut! Sie können jetzt gehen!« entließ er sie mit generöser Geste, alles andere wäre ihm auch schlecht bekommen.

Endlich Ruhe! Christian Schenk, Doktor der Rechtswissenschaften, war allein in seinem Reich, der Berufsgenossenschaft für Gesundheitsdienst und Wohlfahrtspflege in Köln, für die er bereits seit zwanzig Jahren tätig war, als dienstordnungsgemäßer Angestellter, wie es hieß, der liberalen Variante einer beamtenähnlichen Stellung.

Diese Stunden nach Dienstschluß, ohne Telefonanrufe und lästige Anfragen, gehörten ihm beziehungsweise seinem Aktenstudium. Nicht zuletzt auch seinem Diensteifer war es zu verdanken, daß seine Behörde mit nur einhundert Kollegen über vierzigtausend Fälle pro Jahr in Nordrhein-Westfalen bearbeiten konnte! Auf diese Leistung war Doktor Christian Schenk sehr stolz. Und dafür war ihm auch sein Feierabend nicht zu schade, hatte er doch als leitender Angestellter eine besondere Verantwortung zu tragen. Er holte aus seiner Aktentasche, die ihn bereits durch Schul- und Studienzeit begleitet hatte, eine Thermosflasche und schenkte sich etwas Tee nach.

»Dr. Thomas Bremer« stand auf der Akte, die Schenk aufgeschlagen hatte, sein neuer Fall, in dem es die Rentenansprüche der Ehefrau zu klären galt. Sie war achtundzwanzig Jahre alt, die Ehe kinderlos geblieben. Wenn nicht gerade ein Freitod oder eine Tötung des Versicherten vorlag, würde durch diesen Wegeunfall die Berufsgenossenschaft wieder einmal mit enormen Kosten belastet werden. Schenk mußte hier die Rente berechnen, das Bewilligungsgremium als vortragender Verwaltungsangestellter davon in Kenntnis setzen und schließlich der Hinterbliebenen den Bescheid zustellen. In Anbetracht der Summen zog er kopfschüttelnd den Taschenrechner aus der wohlgeordneten Schublade und begann einige Zahlen zu murmeln: »...bei einem geschätzten Jahresbruttoeinkommen des Verstorbenen von über 96.000 Mark bekommt die Witwe zwei Fünftel als Rente... das sind maximal 28.800 jährlich oder 2.400 monatlich... gesetzt den Fall, sie würde sich nicht erneut verheiraten, wären das bei einer durchschnittlichen Lebenserwartung von achtundsiebzig Jahren ungefähr 1.440.000,- Mark Rente, Zinsen und Steigerungszahlen nicht mitgerechnet!«

Zu diesen Zahlungen wäre die Berufsgenossenschaft verpflichtet, auch wenn andere Rentenorgane wie zum Beispiel die Ärzteversorgung noch ihren Teil extra zahlen müßten. Was für eine Verschwendung an eine Frau, die vielleicht in ihrem Leben nie gearbeitet hatte und deren einzige Leistung es war, vor dem Standesamt ihr Ja-Wort gegeben zu haben, dachte Schenk, als er den Rechner wieder an seinen angestammten Platz zurücklegte. Zwar würde er im Bewilligungsausschuß wieder Front gegen einen solchen Ausverkauf der Interessen seiner Behörde machen, aber mit welchem Erfolg? »Sozialstaat!« flüsterte Schenk und lachte verbittert über die Ungerechtigkeit im Leben.

Nachdem er die für den Fall erforderlichen Formblätter ausgefüllt hatte, langte er mit der Rechten in die Innentasche seiner etwas zu eng gewordenen Jacke, um ein kleines Notizbuch hervorzuzaubern. Er suchte nach einer Telefonnummer, die er zu wählen begann.

»Hier spricht Doktor Schenk!«

»Ach Herr Doktor! Sie wollen sicherlich meinen Mann sprechen?« meldete sich eine Frauenstimme. »Da muß ich Sie leider enttäuschen! Mein Mann ist noch nicht zu Hause.«

»Hat er Ihnen vielleicht gesagt, wann er wieder zurückkommt?«

»Das wird heute abend sicherlich spät werden. Er ist noch in der Klinik. Kann ich ihm etwas ausrichten?«

»Sagen Sie ihm doch bitte nur, es ginge um die Blutproben. Dann weiß er schon Bescheid. Vielen Dank!«

»Soll er Sie zurückrufen?«

»Nein danke, das ist nicht nötig. Ich werde mich wieder bei ihm melden!«

»Na gut, dann wünsche ich Ihnen noch einen schönen Abend! Auf Wiederhören!«

»Auf Wiederhören!«

21.

Als Schmalenberg am Dienstagmorgen das Büro betrat, war Söns bereits emsig bei der Arbeit.

»Hallo, Herr Söns«, rief Hans ihm ganz jovial zu, »füllen Sie wieder große Zahlen in kleine Kästchen?«

Leider gibt es heute keine Erbsen, die er zählen könnte, dachte er ketzerisch, als er seinen Mitarbeiter bezeichnenderweise auch noch einen Bleistift spitzen sah.

»Hallo zurück!« erwiderte Söns, ohne jedoch seinen Blick von den Unterlagen zu wenden.

»Was gibt es denn da so Wichtiges, daß Sie nicht einmal kurz und ehrfürchtig zu Ihrem unmittelbaren Vorgesetzten aufschauen können, wie sich das gehört?« erkundigte sich Hans nicht ohne eine gewisse Neugier.

»Ich stelle gerade die Zahlen für das Mittwochslotto zusammen, da muß ich mich konzentrieren!«

Mit einer guten halben Stunde Verspätung traf auch Ulrike ein, deren verquollene Augen vermuten ließen, daß sie verschlafen hatte. »Morgen allerseits!«

Keine Reaktion.

»Ich habe einen guten Morgen gewünscht!« wiederholte sie ihren Gruß, aber diesmal mit doppelter Lautstärke.

»Morgen«, antworteten die beiden Herren fast gleichzeitig.

Nachdem Ulrike hinter ihrem Schreibtisch Platz genommen hatte, schaute sie sich prüfend um. Alles blitzte und roch nach frischer Farbe. Der alte muffige Geruch, selbst der Gestank von Schmalenbergs kürzlich verschüttetem Heringstipp war endlich verschwunden, nur die Flecken auf dem Teppichboden hatten erfolgreich den Schampunierkolonnen widerstanden.

Ihre Augen blieben an einem kleinen weißen Lackspritzer auf dem Schreibtisch hängen. Wie zum Teufel konnte die Farbe trotz der großen Plastikplanen auf ihren wundervollen, PVC-beschichteten Tisch gelangen? fragte sie sich, als sie diesen eingetrockneten Klecks mit ihrem sorgsam gepflegten Fingernagel abzuhebeln versuchte. Natürlich vergeblich.

»Die Feile liegt neben der Kaffeemaschine«, kommentierte

Hans grinsend ihren Kraftausdruck, nachdem statt des Farbspritzers ein Teil des Nagels abgesprungen war. »Warum benutzt du auch nicht den Brieföffner!«

Ulrike hätte ihn erschlagen können.

»Wie weit sind Sie eigentlich mit Ihrer Arbeit, Herr Söns, wenn ich mal stören darf?« fragte Hans.

»Ach danke, ich habe heute morgen in der Südstadt und in der Nähe des Tatortes Handzettel mit den wichtigsten Daten zum Tode Hartmanns verteilen lassen. Hoffentlich reagiert jemand auf meine Aufforderung, sachdienliche Hinweise an jede Polizeidienststelle weiterzuleiten.«

»Alle Achtung, Herr Söns, Sie bleiben am Ball! Haben Sie aber überhaupt schon etwas herausgefunden?«

»Ich war gestern noch bei Pater Franziskus, Sie wissen doch, dem Leiter des Obdachlosenheimes in der Südstadt.«

»Ja und?«

»Er kannte diesen Trebegänger, der immer zu dieser Jahreszeit aus dem süddeutschen Raum nach Köln kam, um seine Bekannten zu besuchen. Er sei ein friedlicher Mensch gewesen und habe keine Feinde gehabt. Wie viele andere Obdachlose schlief er lieber unter freiem Himmel oder bei schlechtem Wetter in Hauseingängen. Apropos schlafen… Seine Vorliebe für lauschige Juninächte auf einer Parkbank im Volksgarten wurde ihm ja schließlich zum Verhängnis.«

»Bitte wo?« fragte Hans noch einmal ungläubig nach.

»Im Volksgarten, ganz in der Nähe der Volksgartenstraße.«

»Und wann, sagten Sie, ist dieser Hartmut ermordet worden?«

»Hartmann, Karl Hartmann bitte«, betonte Söns den Namen so, als ob es sich dabei um eine hochgestellte Persönlichkeit handelte.

»Schon gut, Herr Söns! Also wann wurde Hartmann ermordet?«

»In der Nacht vom Montag auf Dienstag. Aber ich bin davon ausgegangen, daß Ihnen als meinem unmittelbaren Vorgesetzten diese Tatsache doch längst bekannt gewesen wäre!«

Eins zu Null für Söns.

»Kann ich bitte mal die Akte sehen?« Hans war verärgert über sich und sein fehlendes Interesse an diesem Fall, dem er mehr Beachtung hätte schenken müssen.

»Bitte!« Mit einem triumphierenden Lächeln und stolz geschwellter Brust schob Söns die so fleißig gesammelten Unterlagen zu seinem Vorgesetzten. Endlich wurde auch ihm einmal die gebührende Anerkennung zuteil.

Während sich Schmalenberg in den Obduktionsbericht und die Erkenntnisse der Spurensicherung vertiefte, widmete sich Ulrike der Post, bis sie bei einem Brief plötzlich stutzte.

»Hör mal, Hans! Unsere Kollegen haben die gesuchte Röntgenassistentin ausfindig gemacht! Du erinnerst dich an die Frau, die nach einer schmierigen Affäre mit Bremer im Krankenhaus bloßgestellt worden war?«

»Und? Was haben sie herausgefunden?« fragte Hans teilnahmslos, da ihn die Akten über den ermordeten Tippelbruder offenbar mehr zu interessieren schienen.

»Schau mich gefälligst an, wenn ich mit dir rede!« fauchte sie ihren Kollegen an.

Widerwillig legte Hans seine Unterlagen beiseite. »Schieß los!«

»Diesem Bericht der Kollegen ist zu entnehmen, daß die gesuchte Person vermutlich ihr Glück gefunden hat, wenn man eine seit drei Monaten bestehende Schwangerschaft mit dem Besitzer eines Bodybuildingstudios als Glück bezeichnen darf.«

»Kommen sie oder ihr Zukünftiger irgendwie als Täter in Frage?«

»Im Gegenteil! Sie schien sich wohl an diese unsägliche Affäre mit Bremer nur ungern erinnern zu wollen. Sie habe sich sogar verbeten, ihren Mann zu der ganzen Geschichte zu befragen. Er werde immer so schnell aufbrausend. Außerdem sind die beiden erst am Wochenende von einem Auslandsurlaub zurückgekommen.«

»Na, Gott sei Dank! Ich hatte sowieso keine Lust, auch noch Krafttraining zu machen!«

»Wenn ich meine Kollegen kurz unterbrechen dürfte. Ich

möchte doch auch gern etwas über den Stand Ihrer Ermittlungen erfahren, wo ich ja noch in der Ausbildung bin und einiges lernen muß!« wollte Söns in das Gespräch mit einbezogen werden.

»Aber natürlich, Herr Söns! Verzeihen Sie!« entschuldigte sich Hans und referierte in groben Zügen den Stand der Ermittlungen.

»Haben Sie schon die Angehörigen des toten Patienten überprüft, den Bremer vielleicht auf dem Gewissen hatte?« fragte Söns gleich interessiert nach.

»Nein… äh… noch nicht«, entgegnete Ulrike, die mit ihrem Gestammel indirekt eingestand, daß sich schon längst jemand um die Verwandten hätte kümmern müssen, »dafür habe ich mir aber extra den heutigen Tag vorbehalten!« Bevor sie sich jedoch in die angekündigte Arbeit stürzte, versuchte sie, mit Hilfe einer Feile aus der Ruine ihres Fingernagels eine einigermaßen ansehnliche Kralle zu stylen.

»Hört euch das mal an!« Hans, der sein Aktenstudium wieder aufgenommen hatte, deutete mit einem Finger in die Papiere und lehnte sich zurück, wobei der Stuhl bedrohlich knackte. »Hier steht über die Tatzeit, daß der Tod wahrscheinlich zwischen zwei und drei Uhr morgens eingetreten ist!«

»Na und?« Diesmal war Ulrike nicht bei der Sache, sondern nur mit ihrem Fingernagel beschäftigt.

»Ja, raffst du denn überhaupt nichts? Ist dir etwa entgangen, daß sich die Ermordung Hartmanns unmittelbar in räumlicher und zeitlicher Nähe von Bremers Wohnung abgespielt hat? In jener Nacht ist an Bremers Auto rumgefummelt worden!«

Für einen Moment unterbrach Ulrike ihr Feilen. »Und du meinst, Hartmann war Zeuge der nächtlichen Manipulation und mußte deswegen sein Leben lassen?«

Hans nickte und blätterte weiter in seinen Unterlagen. »Es spricht einiges dafür, Ulrike«, sagte er und verlas den Bericht der Spurensicherung: »In einem Papierkorb der Volksgartenstraße, Ecke Kleingedankstraße wurde eine Bierflasche mit den Fingerabdrücken des Toten gefunden. Aber gerade dort hat auch Bremers Auto gestanden!«

»Jetzt geht mir ein Licht auf!« mischte sich Söns in die Diskussion ein. »Ich habe immer wieder den Obduktionsbericht gelesen, ohne mir aber aus den seltsamen Schädelverletzungen einen Reim machen zu können. Die Tatwaffe wurde nämlich bislang noch nicht gefunden.«

»Weiter, Söns! Was wollen Sie damit sagen?« Ohne ihn ausreden zu lassen, zitierte Hans den Befund der Rechtsmedizin, dessen lateinische Begriffe ihm doch arge Schwierigkeiten bereiteten: »...im zentralen Bereich des rechten os parietale – die meinen damit sicherlich den Kopf – findet sich eine relativ glatt begrenzte, 1,5 bis 3,7 mal 6 Zentimeter große, konisch nach dorsal sich verjüngende Schädelimpression. Die bis auf eine Tiefe von fünf Zentimetern in die Hirnsubstanz eingesprengten Knochenfragmente haben neben einem erheblichen Weichteildefekt auch zu einer Zerreißung des ramus parietalis der arteria cerebri media geführt und so weiter...«

»Ich habe mir überlegt«, griff Söns den Faden wieder auf, »daß es sich bei der Tatwaffe um einen schweren, vielleicht metallischen Gegenstand handeln dürfte, an dessen Ende eine kolbige Verdickung zu finden ist.«

»Herr Söns! Nun machen Sie es doch nicht so spannend!«

»Ein Kreuzschlüssel! Mit dem kann man passend zu jedem Autotyp verschiedene Radmuttern lösen... und auch einen Schädel einschlagen!«

»Söns! Ich könnte Sie knutschen!« rief Hans begeistert. »Dafür wartet heute abend auf Sie ein Getränk Ihrer Wahl!«

Ulrike hatte für einen Moment ihre Fingernagelruine vergessen. Und Söns fühlte sich, als ob er ein Ei gelegt hätte. Ihm schwappte eine Welle der Sympathie entgegen, und er bekam heiße Ohren.

Nach einer kleinen Kunstpause, in der wieder das monotone Schrapp-Schrapp von Bohlmanns Feile zu hören war, bemerkte Hans: »Was am Anfang vielleicht wie ein übler Scherz aussah, entpuppt sich inzwischen als ausgewachsener Massenmord!«

»Wer kann nur so etwas tun?« fragte Bohlmann nachdenklich. »Meiner Meinung nach war der Mord an diesem armen

Schwein von Tippelbruder zwar nicht geplant, aber auch sicherlich keine reine Affekthandlung! Schließlich hatte der Täter Angst, Hartmann würde ihn wiedererkennen und von den Manipulationen an den Radmuttern erzählen. Dabei sollte doch alles wie ein Unfall aussehen, verursacht durch die Schlamperei der Autowerkstatt!«

Schmalenberg war aufgestanden und zum Fenster getreten, sein Blick schweifte verträumt in die Ferne, als ob er in diesem nieseligen Wetter die Lösung zu sehen hoffte.

»Ihr Schlitz ist offen!« bemerkte Söns, der sich inzwischen wieder über seinen Lottoschein gebeugt hatte.

Hans schaute an sich herunter und sah das, was Söns jungen kriminalistischen Augen nicht entgangen war. Wie jeder Mann in einer solchen Situation überlegte auch Hans, wie lange er möglicherweise schon mit geöffneter Hose herumgelaufen war. Na ja, Tage werden es wohl kaum sein, tröstete er sich, schließlich habe ich mir die Jeans erst heute morgen angezogen.

»Zu beneiden sind die Knaben, welche einen Onkel haben!« ergänzte Ulrike lachend die Beobachtung ihres jungen Kollegen.

»Jetzt fängst du auch noch mit diesen blöden Sprüchen an, Ulrike!« antwortete Schmalenberg stinkig, zumal sein Reißverschluß klemmte.

»Du, Ulrike?«

»Was denn, mein Herzepups? Hast du etwa eine Idee?« Sie traute seinen plötzlichen Eingebungen nie so ganz, besonders dann nicht, wenn er eine für ihn peinliche Situation zu überbrücken versuchte.

»Ich fahre ins Krankenhaus und werde noch einmal mit Grundmann sprechen! Ich muß da etwas klarstellen!«

»Willst du dich wieder auf ein Bierchen verabreden?« spielte sie auf seine unglückliche Verquickung von Job und Freizeit an.

»Du hast ja recht! Die Kneipentour vom letzten Samstag hat mir Grundmann nicht gerade unsympathischer gemacht. Aber gerade deswegen möchte ich an diesem Punkt nichts übersehen!«

»Hast du etwa einen konkreten Verdacht?«

»Das vielleicht nicht, nur so ein vages Gefühl.«

»Oha«, verkündete Ulrike mit der Überheblichkeit eines Regierungssprechers, »der junge Mann hat Gefühle!«

»Bitte laß deine Witze! Ich meine es ernst! Grundmann hatte mit der Beziehung zu Frau Bremer und seiner Aversion gegen ihren Ehemann ein klares Motiv!«

»Wo du hinwillst, komme ich schon zurück!«

»Was willst du damit sagen?«

»Sieh mal, Hans«, belehrte sie ihn in einer Art, die er aufgrund seiner bitteren Erfahrung während der Schulzeit so haßte, »du erinnerst dich an den letzten Donnerstag, als wir in Grundmanns Arztzimmer saßen?«

»Und?«

»Dort hing auch ein Dienstplan der internistischen Abteilung, in dem zu lesen war, daß Grundmann am Montag Hausdienst hatte… Mit anderen Worten, ein lückenloses Alibi!«

»Ehrlich?« resignierte Hans, seine Hoffnung auf eine heiße Spur drohte zu zerplatzen »Und warum hast du mir das nicht früher gesagt?«

»Das ist mir erst jetzt wieder eingefallen«, antwortete Ulrike kleinlaut und schaute auf die Uhr, »nun wird es aber höchste Zeit! Wenn ich noch an die Gerichtsakten über den Prozeß um den toten Patienten kommen will, muß ich mich beeilen!« Sie kümmerte sich nicht weiter um den enttäuschten Schmalenberg, sondern ergriff die Pelerine und ihre rote Handtasche und verließ das Büro.

»Raste nie, doch haste nie, sonst haste die Neurasthenie!« kommentierte Söns ihren unerwarteten Aufbruch.

Hans, der eine Weile schweigend aus dem Fenster gesehen hatte, schlug plötzlich mit der Faust so auf den Schreibtisch, daß Söns erschreckt zusammenzuckte.« Ich habs!« Dann fischte er sich das Telefonbuch aus dem Chaos einer Schublade und suchte fieberhaft nach der Nummer des städtischen Krankenhauses.

Ohne die stereotype Begrüßungsformel der Frau in der dortigen Telefonzentrale abzuwarten, unterbrach er sie mit einem forschen: »Guten Tag! Schmalenberg am Apparat, Hauptkommissar Schmalenberg! Ich habe eine große Bitte!«

»Wie kann ich Ihnen helfen?«

»Liegen Ihnen zufällig die Dienstpläne der einzelnen Abteilungen vor, ich meine die Bereitschaftsdienste der Ärzte?«

»Aber sicher doch, Herr Kommissar!« antwortete die Frau am anderen Ende mit leichtem Mißtrauen.

»Wären Sie vielleicht so lieb, mir zu sagen, welcher Internist am Montag vergangener Woche Dienst hatte?«

»Aber mein lieber Herr Kommissar, als so etwas geben Sie sich doch aus, oder? Da könnte ja jeder kommen.«

»Werte Dame! Diese Dienstpläne sind im Prinzip doch jedem zugänglich, Sie geben also kein Geheimnis preis!«

»Nun werden Sie bitte nicht laut!«

»Entschuldigung!« nahm sich Hans unter Aufbietung der gesamten ihm zur Verfügung stehenden Toleranz zurück, »ich wollte Ihnen nicht zu nahe treten. Ich hätte nur liebend gern den Namen gewußt, und Sie würden mir damit einen unnötigen Weg in Ihre Klinik ersparen!«

»Und warum, wenn ich bitte fragen darf?«

Hans ignorierte geflissentlich ihre Neugierde. »Dann sagen Sie mir doch wenigstens, ob Dr. Grundmann in der Nacht vom Montag auf Dienstag arbeiten mußte!«

»Sie sind aber hartnäckig, junger Mann. Also gut, ich hoffe, daß ich dadurch keine Schwierigkeiten bekommen werde!«

»Aber woher denn, gnädige Frau!«

»Nein!«

»Was nein!?«

»Nein! Doktor Grundmann war am Montag vergangener Woche außer Dienst. Er hatte noch am Vormittag ganz überraschend mit einem Kollegen getauscht.«

22.

Den späten Vormittag verbrachte Ulrike Bohlmann mit dem Studium alter Prozeßakten und war dabei auf einige interessante Dinge gestoßen. In dem Kunstfehlerprozeß war untersucht worden, ob Bremer durch grob fahrlässiges Handeln den Tod des fünfundsechzigjährigen Patienten verschuldet hatte. Die Angehörigen, vertreten durch einen Rechtsanwalt Kelz, den Sohn des Verstorbenen, hatten diese Klage angestrengt, nachdem die Staatsanwaltschaft abgelehnt hatte, wegen fahrlässiger Körperverletzung zu ermitteln. Doktor Bremer, so der Vorwurf, habe damals die schlechte Nierenfunktion des Patienten ignoriert und trotz eindringlicher Warnungen seitens der Kollegen und Schwestern auf der Verabreichung eines herzwirksamen Medikamentes, einer Digitalisierung, bestanden, die nachweislich bei unzureichender Urinausscheidung zu lebensgefährlichen Konzentrationen im Blut führen kann. Der Patient verstarb auch wenige Tage später trotz Wiederbelebungsversuchen auf der Intensivstation an einem Herzkammerflimmern.

Die Klage stützte sich lediglich auf die Aussage der Stationsschwester, da sich kein Arzt dazu bereit gefunden hatte, diesen Sachverhalt zu bestätigen und gegen den Kollegen anzutreten. Selbst der Schwiegersohn des Patienten und Schwager von Kelz, ebenfalls Mediziner, wollte nicht vor Gericht erscheinen. Weiße Mafia, dachte Ulrike beim Durchlesen der Akten, hier hackt eben keine Krähe der anderen ein Auge aus. Den Tod seines Patienten sollte Bremer sogar mit den Worten quittiert haben, jetzt bekomme man endlich ein freies Bett, das man doch so dringend brauche.

Die Partei des beklagten Doktor Bremer hingegen war um ein Vielfaches stärker vertreten. Dort bescheinigten gleich mehrere Ärzte das Fachwissen und die selbstlose Opferbereitschaft ihres Kollegen. Ein Gutachten, erstellt von einem mit Professor Eichstätt befreundeten Klinikchef, kam zu der abschließenden Beurteilung, daß »die altersbedingte Arteriosklerose in Verbindung mit einem Diabetes Mellitus und der eingeschränkten

Nierenfunktion zu der sogenannten kardiopulmonalen Dekompensation« geführt hatte, Bremer somit keinerlei schuldhaftes Handeln anzulasten wäre. Das Gericht hatte sich übrigens diesen Ausführungen angeschlossen und Bremer in allen Punkten von der Anklage freigesprochen.

Am Ende des Prozesses sollte Rechtsanwalt Kelz, die treibende Kraft in diesem Verfahren, laut Protokoll noch eine Drohung gegen Bremer ausgesprochen haben, was ihm nicht nur ein Ordnungsgeld, sondern auch noch einen Verweis von der Anwaltskammer eingebracht hatte.

Als sich danach Ulrike noch mit der Person des Rechtsanwaltes beschäftigte, stieß sie interessanterweise auf einen Prozeß, in dem Kelz die Verteidigung in einem Vergehen gegen das Betäubungsmittelgesetz übernommen hatte. Sein Mandant war damals Rudolf Hecker.

Bohlmann mußte ihr Faible für Schuhgeschäfte unterdrücken, als sie auf dem Weg zur Kanzlei von Rechtsanwalt Kelz über den Hohenzollernring schlenderte. Ein andermal, tröstete sie sich, bevor sie das protzige Gebäude erreichte, an dessen Eingang ein dezentes Messingschild den Namen des Gesuchten verriet. Ob wohl eine solche Nobeladresse Voraussetzung ist, um ein angesehener Anwalt zu werden, fragte sie sich, bevor sie den Aufzug betrat. Jeden Etagenknopf zierte der Name eines anderen Akademikers, wobei Kelz durch den fehlenden Doktortitel beinahe aus dem Rahmen fiel. Auf der Fahrt zu seinem Büro wurde sie von einer kultivierten, älteren Dame begleitet, die den Aufzug in der dritten Etage ganz verschämt und mit leicht geröteten Wangen verließ, praktizierte hier doch nur ein einziger Arzt, nämlich ein Spezialist für Analerkrankungen.

»Sie wünschen?« fragte eine hochgewachsene Schönheit in dem Vorzimmer des Anwalts. »Waren Sie angemeldet?«

»Mein Name ist Bohlmann! Ich glaube, wir haben eben miteinander gesprochen.«

»Ach ja, Frau Bohlmann! Sie sind doch die Dame von der Kriminalpolizei?«

»Genau!«

»Wenn Sie dort drüben bitte einen Moment Platz nehmen würden, der Herr Rechtsanwalt hat gerade noch einen Mandanten!«

Ulrike ließ sich in einer Sitzgruppe nieder, bediente sich aus einer Marmorschale mit Keksen und beobachtete das Geschehen.

Binnen kurzer Zeit empfing die Sekretärin mehrere Telefonate, die mit einem melodischen Singsang begrüßt wurden, aber nach einem Blick auf den in Leder gebundenen Terminkalender mit dem Ausdruck tiefsten Bedauerns endeten.

Das Geschäft blüht, dachte Bohlmann, die diese Vermutung durch die kostbare Inneneinrichtung bestätigt fand. Von so einem riesigen Schreibtisch wie dem der Sekretärin können wir nur träumen. Wenn schon der Arbeitsplatz der Angestellten so feudal ausgestattet ist, in welchem Luxus wird dann erst der Chef des Hauses seinen Dienst verrichten?

»Frau Bohlmann!?« hörte sie ihren Namen aus dem Hintergrund und schaute sich um. Sie erblickte in fünf Metern Entfernung einen gutaussehenden stattlichen Mann, der bequem als Bruder von Peter Boenisch hätte durchgehen können. Das Haar vielleicht nicht ganz so grau wie der ehemalige Pressesprecher der CDU und frühere BILD-Chefredakteur, spekulierte Ulrike, dafür aber hatte Kelz auch noch nicht so viele Skandale auf dem Buckel. Sie erwiderte sein Lächeln ebenso freundlich: »Genau, die bin ich!«

»Treten Sie doch bitte näher!« bat er sie mit einer sympathischen Stimme in sein Büro. »Was kann ich für Sie tun?«

»Herr Kelz«, begann Ulrike und ließ sich in eine ultramoderne Sitzkonstruktion fallen, die sie in einem federnden Auf und Ab um ihre Konzentrationsfähigkeit brachte, »also, was ich sagen wollte«, fuhr sie fort, nachdem die Schwingungen allmählich verklungen waren, »Sie haben doch sicherlich vom Tode Doktor Bremers erfahren?«

»Aber gewiß doch! Im engsten Kreis der Familie wurde daraufhin sofort eine Flasche Champagner geöffnet!«

»Ich bin überrascht von Ihrer Offenheit, Herr Kelz!«

»Verehrte Frau Kommissarin! Was soll ich Ihnen gegenüber eine Komödie spielen, wo ich doch aus meiner Aversion gegen Bremer nie einen Hehl gemacht habe?« entgegnete Kelz. »Das wirklich Tragische an solchen Ärzten wie Bremer ist nicht etwa deren Unfähigkeit, sondern ihr Freibrief, dieses Unvermögen auch noch praktizieren zu dürfen. Approbation nennt man wohl dieses Losgelassenwerden auf die Menschheit! Und glauben Sie mir, dieser Bremer ist oder besser war total untauglich!«

Er durchquerte den Raum und trat an eine kleine Vitrine. »Darf ich Ihnen etwas anbieten?«

»Haben Sie einen Martini?« erkundigte sie sich trotz ihres schlechten Gewissens, schließlich war sie noch im Dienst.

»Trocken?«

»Ja, bitte!«

»Frau Bohlmann, Sie sind sicherlich hier wegen meiner Äußerung bei Verfahrensende damals. Ich habe es, offen gesagt, nie ganz verwinden können, daß Bremer nach dem Tode meines Vaters so ungeschoren davongekommen ist. Aber das ist leider ein bekanntes Dilemma, daß man in Deutschland die Ärzte fast nie über reine Kunstfehlerprozesse zu fassen bekommt, sondern nur, wenn man nachweisen kann, daß sie Kranke mangelhaft über Risiken von Eingriffen aufgeklärt haben. Manchmal wünsche ich mir Verhältnisse wie in den Vereinigten Staaten, wo häufig Patienten Recht und ganz stattliche Entschädigungssummen bekommen. Dort können sich die Ärzte nicht leisten, einfach draufloszudoktern!«

»Was ist eigentlich aus der Stationsschwester geworden, die in dem Prozeß damals so couragiert gegen Bremer ausgesagt hat? Ärzte hatten sich ja nicht zu einer Erklärung gegen ihren Kollegen bereitgefunden.«

»Und das, obwohl mir vor Prozeßbeginn noch einige Weißkittel ihre Unterstützung zugesagt hatten. Diese Schwester wurde wenig später auf Betreiben Bremers und seines Schwiegervaters Eichstätt aus der Klinik gelobt. Kaltgestellt wäre sicherlich der treffendere Ausdruck. Olive?«

»Wie bitte? Ich verstehe nicht ganz?«

»Ob Sie für Ihren Martini eine Olive wünschen?«
»Oh, ja, bitte, gern!«

23.

Schmalenberg klopfte an die Tür des Arztzimmers auf der vierten Etage des städtischen Krankenhauses.

»Ja bitte?« hörte er von drinnen die Stimme Grundmanns.

»Hallo, Martin!« grüßte Hans beim Eintreten den bleichgesichtigen, aber gut gelaunten Doktor, der inzwischen die Stationsgeschäfte seines Vorgängers übernommen hatte.

»Tach, Hans! Setz dich, was kann ich für dich tun?«

»Danke, ich will mich nicht setzen, ich habe nicht viel Zeit!«

»Da geht es dir wahrscheinlich genauso wie mir? Aber für einen Augenblick wird sich der große Kommissär doch wohl noch setzen dürfen!« meinte Grundmann und deutete auf einen Stuhl in der Mitte des Raumes.

»Ich war gerade bei einem Krankenbesuch«, log Hans, dem keine bessere Ausrede eingefallen war, in der Hoffnung, von seinem Gegenüber nicht gleich durchschaut zu werden, »auf der chirurgischen Abteilung.«

»Wie weit sind denn eure Ermittlungen gediehen? Habt ihr eine neue Fährte?«

»Wieso interessiert dich das?« fragte Hans mißtrauisch.

»Na, hör mal! Es kommt ja nicht alle Tage vor, daß man einen Kollegen verliert.«

»...und Ehemann deines Fistanöllchens!«

»Mein lieber Hans«, lächelte Grundmann seinem Ex-Saufkumpanen freundlich zu, »mache ich mich mit so einer Frage denn schon verdächtig?«

Hans wollte sich nicht auf dieses oberflächliche Geplänkel einlassen, schließlich gehörte Grundmann zum engsten Kreis der Tatverdächtigen. »Martin, ich bin heute nicht besonders gut drauf!«

»Das merke ich!«

»Sei mir nicht böse, aber ich hatte heute einen anstrengenden Tag, und außerdem habe ich Kopfschmerzen.«

Noch ehe sich Hans versah, stand vor ihm ein Wasserglas, dekoriert mit einer Tablette. Wohl oder eher übel mußte er die Chemie schlucken, um sich Grundmanns Sympathie nicht völlig zu verscherzen.

»Ich wäre jetzt auch nicht hier, wenn ich nicht einen Platten an meinem Dienstwagen hätte.«

»Na und? Soll ich dir etwa beim Radwechsel helfen?« grinste Grundmann spöttisch.

»Quatsch, nein!« winkte Hans entnervt ab. »Die Deppen von unserer Werkstatt haben keinen Schraubenschlüssel in das Reparaturset gepackt!« Er wartete darauf, daß Grundmann den Braten riechen würde. Aber nein! Sollte sein Mitwirken an einer Theatergruppe in früheren Jahren Früchte getragen haben?

»Da kannst du ja von Glück sagen, daß dir das nicht bei einer Verfolgungsjagd passiert ist!«

»Martin, bitte!«

»Schon gut! Schon gut! Mit dir ist heute aber überhaupt nichts anzufangen!« beendete Grundmann seinen letzten Versuch, mit Hans ins Gespräch zu kommen. Dann kramte er in seiner Kitteltasche und suchte unter Pflasterrollen, Tupfern und anderen Utensilien nach seinen Wagenschlüsseln. »Bitte, bedien dich! Mein Auto ist der rote Golf, nicht weit vom Haupteingang entfernt. Irgendwo im Kofferraum müßte das liegen, was du brauchst.«

Da magst du vielleicht nicht unrecht haben, dachte Hans und bedankte sich herzlich.

»Nicht der Rede wert, aber Wiedersehen macht Freude!«

Gerade, als Hans das Arztzimmer verlassen wollte, kam Arnold herein. »Guten Tag, Herr Kommissar. Wieder bei der Arbeit?«

»Nein, für mich ist heute Feierabend.«

»Gut, daß du kommst, Manfred!« wandte sich Grundmann seinem Kollegen zu, »die Angehörigen der Patientin mit dem diabetischen Koma wollten noch mit dir sprechen!«

»Etwa die Alte mit dem Geruch nach saurer Milch?«

»Genau die! Aber reiß dich bitte mit deinen Bemerkungen etwas zusammen«, wies ihn Grundmann zurecht, dem es offensichtlich peinlich war, daß Hans dieses Gespräch mitanhören konnte.

»Wenn die Patientin nicht so viel gefressen hätte, wäre ihr Zuckerspiegel auch nicht entgleist«, meinte Arnold. Scheinbar war die Belehrung noch zu höflich gewesen.

»Na, dann will ich auch nicht weiter stören«, verabschiedete sich Hans, »ich gebe die Schlüssel an der Pforte ab!« und verließ die Station.

Im Kofferraum von Grundmanns Auto entdeckte er das, was zu finden er nur in seinen kühnsten Träumen erhofft hatte. Dort lag ein verdreckter Kreuzschlüssel.

Mit einem Taschentuch ergriff er behutsam den gesuchten Gegenstand und ließ ihn vorsichtig wie einen zerbrechlichen Porzellanteller in eine Plastiktüte gleiten.

Sodann begann er, mit dem eigenen Werkzeug den Schaden an seinem Dienstwagen zu beheben. Ich Idiot, dachte er wütend, wenn ich auch nur geahnt hätte, wie unkompliziert das alles läuft, hätte ich doch nie im Leben die Luft aus dem Reifen gelassen.

24.

Rechtsanwalt Kelz kam mit dem Martiniglas zu Bohlmanns Platz zurück und reichte ihr mit seiner behaarten Hand den Drink.

Wenn er wüßte, daß sie beim Anblick solcher Hände immer ein unheimlicher Schauer überlief... ihre selbstsichere Erscheinung wäre dahin. Ulrike versuchte, sich abzulenken und bedankte sich lächelnd. Trotzdem hinterließen ihre Fingerspitzen eine feuchte Spur auf dem Glas. »In welcher Verbindung zu Bremer stand eigentlich der Gutachter, dessen Urteil letztlich ausschlaggebend für die Entscheidung des Gerichts war?«

»Dieser sogenannte unabhängige Gutachter«, sein ironischer Unterton war unüberhörbar, »war rein zufällig Mitglied der schlagenden Verbindung, der auch Bremer und sein Schwiegervater angehörten. Frau Bohlmann, ich kann Ihnen versichern, es ist ein einziger Sumpf!«

»Ich habe ferner den Akten entnommen, daß Ihr Schwager, Herr Arnold, als Zeuge geladen war, dann aber doch von seinem Zeugnisverweigerungsrecht Gebrauch gemacht hat!«

»Mein lieber Schwager«, wiederholte Kelz verächtlich, »was will man von Medizinern auch anderes erwarten!« Er machte es sich in einem der instabilen Schwingsessel bequem und nippte an seinem Glenfiddich, offenbar sein Lieblingswhisky, denn in der kleinen Bar standen noch zwei weitere Flaschen in Reserve.

»An diesem Punkt haben Sie einen Nerv getroffen, Frau Bohlmann!«

»Nicht einmal Ihr Schwager stand auf der Seite der Familie in dieser wichtigen Angelegenheit?« hakte Ulrike nach, die sich exzellent aufs Anbohren von sensiblen Nerven verstand.

»Diese Flasche«, entfuhr es ihm spontan, »hat mich sogar zu diesem Rechtsstreit ermutigt, nachdem wir noch vor Prozeßbeginn mehrmals Bremers Verschulden diskutiert hatten. Aber nein, dann wollte mein lieber Schwager nicht mehr und ist ausgestiegen, weil er kalte Füße bekam. Sie müssen nämlich wissen, daß er damals eine nur auf ein Jahr befristete Assistentenstelle hatte und fürchtete, wegen dieser möglichen Nestbeschmutzung im Raume Köln später keine Arbeit mehr zu finden. Er hatte Angst vor Professor Eichstätts gewaltigem Einfluß!«

»Und? Hat ihm sein Schweigen genutzt?«

»Überhaupt nichts! Er war nach dem Auslaufen des Vertrages lange arbeitslos... und das geschah ihm auch recht! Wenn jemand der Meinung ist, in unserer Republik könne jeder eine Stelle finden, der auch wirklich arbeiten wolle, hat er es in Anbetracht der hohen Arbeitslosenzahlen nicht besser verdient!«

»Das klingt ja fast so, als hätten Sie ihm das gegönnt?«

»Aber natürlich! Dieser Mensch hat kein Ehrgefühl, keine Courage. Seine Familie so im Stich zu lassen! Mitgefühl verdient er nicht, höchstens seine Frau mit den beiden Kindern.«

Ulrike begann, ihre Olive zu zerbeißen, und elektrisierte sich hin und wieder mit einem Blick auf seine behaarten Hände. »Aber schließlich hat Ihre Schwester ihm doch ihr Vertrauen geschenkt?«

»Wir, damit meine ich meine Familie, haben sie auch von der Heirat dieses Möchtegerns und Emporkömmlings abzubringen versucht. Sie aber ließ sich nicht beirren.«

»Vielleicht hat sie ihn geliebt?«

»Nein, Frau Bohlmann! Keine Liebe... eher Mitleid! Schließlich entstammt er recht einfachen Verhältnissen und mußte sich das Medizinstudium unter großen Mühen erkämpfen. Von der Einheirat in unsere angesehene Kölner Familie erhoffte er sich einen Sprung in eine andere Gesellschaftsschicht. Meine Schwester war dabei nur Mittel zum Zweck! Aber da hatte er sich gründlich verrechnet!« Erregt leerte er sein Glas.

»Inwiefern?« fragte Ulrike, die es genoß, ihr Gegenüber so redselig zu sehen.

»Er war gerade drei Monate in seiner befristeten Chirurgiestelle, als er sich schon eine Eigentumswohnung kaufte, um Steuern zu sparen und das, obwohl die Finanzierung nicht gesichert war. Kein noch so gut gemeinter Rat konnte ihn von dieser dümmlichen Aktion abbringen. Nein, Schwager Arnold wollte es auch finanziell zu etwas bringen!«

»Ist Ihr Schwager eigentlich verwandt mit Dr. Manfred Arnold, der jetzt im städtischen Krankenhaus auf der anderen Rheinseite eine Stelle bekommen hat?«

»Ach, Sie haben ihn bereits kennengelernt?«

»Nein, nein, nicht direkt«, log Ulrike, ganz erstaunt über diese vielen Verbindungen. Köln mit seinem Klüngel war eben doch nur ein kleines Provinzstädtchen.

»Und als dann sein Vertrag nicht verlängert wurde«, fuhr der Rechtsanwalt fort, »weil irgend so ein frischgebackener Professor neuer Chef wurde und zwei Assistenzärzte mitbrachte, stand er da: Kein Einkommen, kein Erspartes, nicht einmal Arbeitslosengeld, denn dafür hatte Arnold nicht lang genug gearbeitet. An eine kassenärztliche Zulassung war auch nicht zu denken, denn die hat eine anderthalbjährige Kliniktätigkeit zur Voraussetzung. Mein Schwager war pleite, und die Schulden häuften sich!«

»Aber Ihre Familie hätte ihm doch helfen können!«

»Wozu? Nachdem er uns vor Gericht so im Stich gelassen hatte? Arnold soll ruhig sehen, wie er allein damit fertig wird.«

»An Ihre Schwester denken Sie dabei überhaupt nicht?«

»Aber natürlich! Schließlich haben wir ihr mehrmals angeboten, sie mit ihren beiden Kindern bei uns aufzunehmen und zu versorgen.«

»Das klingt mir aber alles sehr nach Rache! Rache für die Heirat mit Ihrer Schwester, die sich erdreistet hat, unter Stand zu ehelichen!«

»Lassen Sie Ihren Sarkasmus, Frau Bohlmann!«

»Rache für Arnolds Aussageverweigerung zum Tode Ihres Vaters!«

»Nennen Sie es, wie Sie wollen!« Offensichtlich erregt sprang Kelz aus seinem Sessel hoch, um sich noch einen Whisky zu holen.

»Oh, verzeihen Sie mir bitte meine Unaufmerksamkeit«, er bemerkte ihr leeres Glas, »darf ich Ihnen noch einen Martini bringen?«

»Ja bitte, gern.« Sie beobachtete seine nervösen Bewegungen. Seltsam, Peter Boenisch war ihr doch am Anfang so souverän erschienen.

»Und warum hat Ihre Schwester ihren Mann bislang nicht verlassen? Mitleid kann ja wohl kaum der Grund gewesen sein, vielleicht ist es doch Liebe?«

»Nein, das glaube ich nicht...« Kelz zögerte, »nein, da ist noch etwas anderes. Ich weiß nicht genau, weil meine Schwester nicht darüber spricht. Aber ich glaube, sie hat Angst, Angst vor diesem unberechenbaren Mann.«

»Oder Angst vor Ihrer Familie mit ihren Vorhaltungen?«

»Frau Bohlmann, Sie sind so wundervoll provozierend!«

»Warum hat Ihr Schwager eigentlich keine Stelle gefunden? So schwierig kann das doch gar nicht sein hier im Kölner Raum, wo es genügend Krankenhäuser gibt.«

»Aber die überwiegende Zahl hat einen kirchlichen Träger und kommt, seitdem er aus der Kirche ausgetreten ist, um Steuern zu sparen, daher für eine Berwerbung nicht mehr in Frage. Seine Arbeitslosigkeit ist selbst verschuldet!«

Ulrike ließ sich ihren Martini munden und stärkte sich für den nächsten Schlag: »Ist Ihre Familie eigentlich katholisch?«

»Ja.«

»Traditionell katholisch, wenn ich mal so sagen darf?«

»Ja, warum?«

»Also ein weiterer Grund, weshalb Sie ihren Schwager ablehnen, hat er doch vermutlich Ihre Schwester nicht in Weiß geheiratet und dadurch Ihre ganze Familie verprellt!«

Damit war Ulrike nun doch zu weit gegangen. Die gemütliche Clubatmosphäre schlug augenblicklich um und verwandelte sich in ein polares Klima.

Da war er wieder, der aalglatte Rechtsanwalt. »Was muß ich mir eigentlich von Ihnen anhören?« entgegnete Kelz scharf. »Sie sind ja wohl kaum hierhergekommen, um mit mir eine Diskussion über Arbeitslosigkeit und Konfessionen zu führen!«

»Schon gut, Herr Kelz! Ich wollte Ihnen nicht zu nahe treten«, versuchte Ulrike, die Situation zu retten, vergeblich.

»Und jetzt sagen Sie mir bitte endlich, was Sie hier eigentlich wollen, Frau Bohlmann!«

»Sagt Ihnen der Name Rudolf Hecker etwas?«

»Hecker. Hecker?« Kelz schien angestrengt in der Vergangenheit zu suchen. »Ach ja, Herr Hecker war mal ein Mandant von mir, den ich in einer Rauschgiftsache verteidigen mußte. Weiter! Stellen Sie Ihre Fragen!«

»Haben Sie diesen jungen Mann in der letzten Zeit einmal wiedergetroffen?«

»Nein.«

Ulrike verfluchte sich und ihr vorlautes Mundwerk, mit dem sie sich alle Sympathien bei Kelz verscherzt hatte, und das gerade jetzt, wo sie zum Wesentlichen kommen wollte. »Wo waren Sie Montagnacht vergangener Woche?«

»Na bitte, jetzt lassen Sie endlich die Katze aus dem Sack! Ich war zu Hause, fragen Sie doch meine Frau!«

»Ihre Frau war am vergangenen Montag und Dienstag verreist, das hat mir zumindest Ihre Putzfrau oder wer auch immer am Telefon verraten.«

Kelz sprang wie vom Blitz getroffen auf und öffnete die Tür zum Vorzimmer. »Frau Bohlmann möchte jetzt gehen!« rief er seiner Sekretärin zu.

»Davon habe ich zwar kein Wort gesagt, aber einem so höflichen Ausdruck der Gastfreundschaft kann ich nur selten widerstehen.« Ulrike schnappte sich ihre Handtasche und schlenderte wie Grace Kelly an diesem »Unmann von Welt« vorbei.

25.

»Ob diese Idee so großartig war?« Ulrike Bohlmann legte den *Stadtanzeiger* vom Mittwoch beiseite und blickte zu Hans Schmalenberg hinüber, der wie gebannt auf das Telefon starrte und eine Zigarette nach der anderen rauchte.

»Ich weiß nicht, was du meinst, Süße?« antwortete er mit gespielter Gelassenheit.

»Mit dem Wort *Süße* meinen Sie wohl Frau Bohlmann?« meldete sich Söns verschlafen aus der Ecke. »Machen Sie neuerdings einen auf Bogart?« Ihm steckte noch der feuchte Abend mit seiner Freundin Renate in den Gliedern. Die beiden Schmerztabletten zum Frühstück ließen lediglich den Magen revoltieren, hatten aber an den Kopfschmerzen nicht viel geändert.

»Herr Söns«, tönte Hans in einer Phonstärke, die Söns' lärmempfindlicher Kopf sofort mit regem Minenspiel quittierte, »halten Sie sich bitte bedeckt. So bleich, wie Sie aussehen, sollten Sie lieber zum Arzt gehen!«

Söns sank wieder kraftlos in sich zusammen, zu keinem Widerstand fähig.

»Hans, du hast meine Frage noch nicht beantwortet. Meinst du, es war eine gute Idee, den Kreuzschlüssel auf Blutspuren untersuchen zu lassen? Wir haben schon elf Uhr und noch immer kein Anruf aus der Rechtsmedizin.«

»Ich habe die Leute gebeten, sich sofort zu melden, egal wie das Ergebnis ausgefallen ist.«

»Der ganze Aufwand nur wegen einer fixen Idee! Wenn Grundmann wirklich Dreck am Stecken hätte, wärst du nicht so einfach an den Wagenschlüssel gekommen!«

»Vielleicht hat er meine Geschichte mit dem Krankenbesuch und dem völlig verkorksten Nachmittag geschluckt?! Ich bin eben ein talentierter Schauspieler!«

Ulrike lachte. »Das glaubst du doch nicht im Ernst!«

»Du bist eine alte Miesmacherin!« schnauzte Hans ungehalten. »Was hast du schon anzubieten, außer vielleicht einem gemütlichen Nachmittag bei diesem Rechtsanwalt! Na, erzähl doch!«

»Ich werde dein dummes Gerede gar nicht weiter ignorieren!« Nach ihrem Lieblingsspruch blätterte sie in der Post und überging seine Aufforderung.

»Viel war das sicher nicht«, kommentierte er ihr Schweigen, »sonst hättest du alte Blubbertasche uns gewiß den ganzen Morgen vollgetütet!«

Ein kalkweißes Gesicht grinste aus der Ecke.

»Söns! Sie lachen heute nicht, sonst schicke ich Sie zur Nord-Süd-Fahrt Autos zählen!« Mit Schmalenberg war nicht zu spaßen, er war nervös.

»Wieso hast du den Kreuzschlüssel nicht ins Landeskriminalamt nach Düsseldorf geschickt?« wollte Ulrike wissen.

»Das hätte mir zu lange gedauert. Außerdem haben die Jungs aus der Rechtsmedizin ja ein Stück vom Schädelknochen des Tippelbruders aufgehoben, du weißt ja, das mit dem Loch... vielleicht paßt der Kreuzschlüssel genau da rein.«

»Davon träumst du auch nur!« meinte Ulrike, angewidert von der Vorstellung, jemand könnte mit den Schädelresten Puzzle spielen.

Das Telefon klingelte. Söns verzog schmerzverzerrt das Gesicht, als das Geräusch in seinem verkaterten Kopf dröhnte.

Leben kam in das Büro am Waidmarkt. Hans aber gab sich souverän und ließ dreimal bimmeln.

»Bitte«, stöhnte Söns verzweifelt und hielt sich die Ohren zu, »mein Kopf! Heben Sie doch endlich ab!«

»Schmalenberg!«

Nach einem gequälten »Ja« legte er wieder auf. Offensichtlich war das nicht der gewünschte Anruf. Zigarette Nummer dreizehn.

Ulrike pfiff plötzlich durch die Zähne. »Seht mal, was ich hier gefunden habe«, sie schwenkte einen Brief hin und her, »den Obduktionsbericht von unserem armen Hecker. Wußtet ihr, daß Hecker früher Heroin gefixt hat, zu erkennen an den vernarbten Einstichstellen in der Ellenbeuge? Und nicht nur das«, fuhr sie geheimnisvoll fort, »der AIDS-Test ist positiv ausgefallen!«

»Ach nee!« rief Hans erstaunt, »der Fall wird immer mysteriöser! Der Grund für die Blutabnahmen wird dann wohl kaum die seltene Blutgruppe gewesen sein, sondern vielleicht das mit AIDS infizierte Serum!?«

Wieder klingelte das Telefon.

»Das rechtsmedizinische Institut am Melatengürtel! Ja?... am untersuchten Kreuzschlüssel tatsächlich Blut- und Gewebespuren? Die Reste decken sich mit der Blutgruppe und den Haarproben! ... mit der Leiche Hartmanns identisch? Ja, der ermordete Alkoholiker... Irrtum ausgeschlossen? Gut! Danke!«

Schmalenberg schlug mit der Faust auf den Tisch, die zahllosen Blätter und Notizen wirbelten auseinander. »Das wars dann wohl!«

Ulrike war aufgestanden, um ihrem immer noch hastig atmenden Kollegen zu gratulieren. »Du alter Fuchs!« Sie puffte ihn liebevoll in die Seite. »Du hattest mal wieder den richtigen Riecher!«

»Oder eine satte Portion Glück!« ergänzte Söns aus seiner kranken Ecke. »Er macht nun doch nicht einen auf Bogart, sondern spielt lieber den *Gustav Gans*!«

Hans drückte die von seiner Kollegin ausgestreckte Hand und bedankte sich. »Ich weiß nicht, ob ich mich darüber freuen soll, schließlich ist Grundmann eigentlich ein ganz dufter Typ.«

»Jetzt nur keine falschen Sentimentalitäten, Hans!« erwiderte Ulrike und zog ihn von seinem Platz hoch. »Das hast du großartig gemacht!«

Hans sonnte sich in ihrem Lob. »Fahren wir zusammen, Ulrike?«

»Aber klar fahren wir zusammen! Wir brauchen dazu keinen großen Bahnhof!«

»Zwei Seelen und ein Gedanke – Zwei Herzen und ein Schlag!« bemerkte Söns neidisch aus der Ecke.

Hans und Ulrike verließen das Büro. Kommentarlos? Nein,

nicht ganz. Der Hauptkommissar warf donnernd die Tür ins Schloß.

Söns faßte sich an seinen schmerzenden Schädel.

26.

Mit einem Poltern öffnete sich die automatische Glastür des städtischen Krankenhauses. Der Fensterputzer hatte gerade die Eingangstür einschampuniert und wollte sie mit einem Gummischaber abziehen, als Schmalenberg ihm mit seinem unerwarteten Ansturm die Arbeitsgrundlage entzog.

»Kannste nich aufpassen, du Aaaasch!« fluchte der ins Leere stoßende Blaumann.

»Da mußte dich eben dünne machen!« antwortete Hans grinsend und deutete auf den schmalen Spalt, in dem die Glastür verschwunden war. Erst einige Sekunden später tauchte die Arbeitsstelle des Fensterputzers wieder auf.

»Was?! Du schon wieder?! Ihr bei der Polizei habt wohl nichts zu tun?!«

»Martin! Können wir dich einen Moment allein sprechen?«

Grundmann stand auf dem Stationsflur, einen Infusionsständer mit baumelnder Flasche in der linken, ein weißes Tablett mit Kanülen, Tupfern und Stauschlauch in der rechten Hand.

»Es tut mir leid, aber ich habe jetzt überhaupt keine Zeit!«

»Es ist dringend, Martin!« antwortete Schmalenberg ernst. Dabei schob er Grundmann mit sanftem, aber bestimmtem Druck in das Arztzimmer.

»He, he, he! Was ist das denn für eine komische Nummer?« fragte Grundmann, dem Schmalenbergs Art nun doch etwas seltsam erschien.

»Herr Grundmann!« schaltete sich Ulrike ein, »das hier ist kein Spaß! Wir können Sie auch gern zum Waidmarkt mitnehmen!«

Das saß. Grundmann verschlug es die Sprache. Für einen Moment ließ er seine Rechte sinken, so daß der Stauschlauch vom Tablett rutschte. Bleich und zitternd hob er die verlorengegangene Utensilie wieder auf, legte sie auf dem Schreibtisch ab und ließ sich dann in seinen Sessel sinken.

Auch die beiden Kommissare nahmen Platz.

Bohlmann gab ihm eine kurze Verschnaufpause, bevor sie

fortfuhr: »Herr Grundmann! Wo waren Sie in der Nacht vom Montag zum Dienstag der vergangenen Woche?«

»Ich hatte Dienst! Sie können ja in den Plänen nachschauen, die hängen überall aus! Was soll diese Fragerei überhaupt?«

»Herr Grundmann, Sie irren!« entgegnete Ulrike scharf und fixierte dabei seine Augen.

Er wurde unsicher und begann in seinen Taschen nach dem Dienstplan zu wühlen. Hans war es ganz recht, daß Ulrike diesen Teil der Vernehmung übernahm, schließlich standen ihm seine Sympathien zu Martin im Wege.

»Hier! Schauen Sie selbst! Da steht es schwarz auf weiß, daß ich am Montag Dienst hatte!« Triumphierend hielt Grundmann Ulrike einen Zettel hin, den sie aber einfach ignorierte. Stattdessen stand sie auf und trat drohend an seinen Scheibtisch heran, die Arme aufgestützt. Daß sie dabei mit der rechten Hand einen Kuchenrest zerdrückte, der unter zahlreichen Zetteln verborgen lag und erst zerquetscht zum Vorschein kam, nahm ihrer imponierenden Gebärde ein wenig die Brisanz.

»Reden Sie keinen Unsinn! Sie haben noch am Montagmorgen den Dienst mit einem Kollegen getauscht!«

»Ähm, äh…«, stammelte Grundmann, »ach ja! Das ist mir völlig entfallen!«

»So, so! Also völlig entfallen?!« wiederholte sie ironisch, nickte dabei verständnisvoll mit dem Kopf. »Nun, Herr Grundmann?!« Ihre Stimme wurde beißender. »Wir wollen aber nicht wissen, wo Sie nicht waren!«

Ulrike in ihrem Element, dachte Hans, endlich hat sie wieder einen Mann in der Mangel, der für den Frust der vergangenen Monate herhalten muß und den sie so richtig weichkochen kann. Oh, diese Frauen…

Der sonst wortgewandte Grundmann antwortete kleinlaut: »Bei Sybille.«

»Bei wem bitte?« bohrte Ulrike nach, die sehr wohl wußte, wer damit gemeint war.

»Bei Frau Bremer.«

»Schluß jetzt, Herr Grundmann! Sie können uns hier nicht für dumm verkaufen! Frau Bremer haben wir bereits gefragt.

Sie behauptet, am Montag nicht mit Ihnen zusammengewesen zu sein. Also, Herr Gundmann, wo waren Sie?«

Ulrike spielt ihren Part nicht schlecht, dachte Hans, auch wenn sie ein bißchen zu heavy aufträgt. Ihm tat Martin mittlerweile leid, der wie ein zusammengefallener Hefekloß in seinem Schreibtischsessel hing, nur gehalten vom weißgestärkten Kittel.

»Darf ich jetzt bitte mal erfahren«, begehrte der Arzt auf, »worauf Sie eigentlich hinauswollen? Sie bringen mich doch nicht etwa in Zusammenhang mit dem Unfall meines Kollegen Bremer?«

»Doch, Martin« – diesmal schaltete sich Hans ein, um der Situation die Schärfe zu nehmen –, »und nicht nur das. In unmittelbarer Nachbarschaft von Bremers Wohnung wurde in der Nacht von Montag auf Dienstag ein Tippelbruder umgebracht, erschlagen.«

»Ja und? Was habe ich damit zu tun?« Grundmanns Hände umgriffen fest die Sessellehne, seine Fingerknöchel verfärbten sich weiß.

»Dieser Mann wurde zweifelsfrei mit dem Kreuzschlüssel erschlagen, der in deinem Wagen lag!«

»Mit was bitte?« fragte Grundmann mit ungläubigem Entsetzen.

»Du erinnerst dich doch, daß ich gestern an deinem Auto war? Ich habe deinen Kreuzschlüssel gerichtsmedizinisch untersuchen lassen. Es gibt überhaupt keinen Zweifel!«

»Herr Grundmann! Wir müssen Sie bitten mitzukommen!«

»Moment mal!« wehrte Grundmann ab, nachdem er sich wieder gefangen hatte. Seine Stimme wurde wieder fester. »Ihr unterliegt da einem mächtigen Irrtum!«

»Herr Grundmann! Wir duzen uns nicht!« wies ihn Bohlmann zurecht.

»Schon gut, Ulrike!« beschwichtigte Hans seine Kollegin. »Martin, gehört dir der Kreuzschlüssel oder nicht?«

»Doch, doch! Das ist meiner… Aber ich hatte ihn verliehen! Am Montag… ich meine am Montag vergangener Woche hatte ich diesen verdammten Schlüssel überhaupt nicht!«

»So, so, verliehen!« imitierte Ulrike seine unsichere Stimme. »Also verliehen? Und an wen, wenn ich bitte fragen darf?«

Bohlmann und Schmalenberg sahen sich verständnisvoll an. Zu oft hatten sie in solchen Momenten die hilflosen Ausflüchte eines überführten Täters gehört.

»Arnold! Mein Gott! Arnold wars!« polterte Grundmann plötzlich los, »der hat sich den Schraubenschlüssel ausgeliehen!«

»Herr Grundmann!« Ulrikes Gesicht verfinsterte sich. »Nun ziehen Sie bitte nicht noch andere mit hinein!« Er hatte bei ihr an Glaubwürdigkeit verloren.

»Moment mal! Das werde ich gleich klären!« rief Grundmann, erhob sich und wollte schon aus dem Zimmer stürzen, als er jedoch von Hans zurückgehalten wurde.

»Laß mich das machen, Martin!« sagte Hans ganz freundlich, aber in einem Tonfall, der keinen Widerspruch duldete, »ich werde deinen Kollegen holen!«

Nach einigen Minuten kam Hans mit Dr. Manfred Arnold zurück. »Manfred«, wurde er sogleich von Grundmann überfallen, »du mußt hier einiges richtigstellen.«

»Aber sicher doch! Was kann ich für dich tun?«

»Du erinnerst dich an den Kreuzschlüssel, den ich dir vor vielleicht vierzehn Tagen geliehen habe?«

»Warte mal, welchen Kreuzschlüssel?« versuchte sich Arnold zu erinnern.

»Jetzt mach keine Witze, Manfred! Ich habe dir vor zwei Wochen einen Schraubenschlüssel geliehen, den du mir vor ein paar Tagen zurückgegeben hast!« wiederholte Grundmann gereizt und erhob sich aus seinem Sessel. »Versuche bitte, dich zu erinnern! Es ist verdammt wichtig!« fügte er noch gereizt hinzu.

»Ich würde dir ja gern helfen, Martin«, antwortete Arnold erstaunt, »aber ich wüßte nicht, weshalb ich mir so ein Ding hätte ausleihen sollen, wo ich doch selbst einen Kreuzschlüssel habe!« Dabei zuckte er mit den Schultern und blickte sich hilfesuchend zu Bohlmann um, die entnervt diese Szene verfolgt hatte und ihre Augen verdrehte.

Plötzlich und völlig unerwartet schoß Grundmann hinter seinem Schreibtisch hoch und stürzte in Arnolds Richtung.

»Martin!« schrie Schmalenberg und warf sich ihm mit voller Wucht entgegen. »Mach keinen Scheiß!«

»Laß mich los!« raunzte Grundmann und versuchte, Hans zur Seite zu schieben. Der oberste Kittelknopf flog wie ein Geschoß durch den Raum. »Dem hau ich eins in die Fresse!« fauchte er wie ein Tier, die Augen blitzten seinen Kollegen wutschnaubend an.

Hans stand wie eine Mauer. »Friedlich, lieber Onkel Doktor!« drohte er unmißverständlich. »Friedlich! Sonst mache ich dich platt!« Er stand ihm gegenüber und hatte beide Handgelenke Grundmanns wie eine Schraubzwinge umfaßt. Der aber scherte sich nicht um die Warnung, zog und zerrte weiterhin und versuchte, sich loszureißen. Dann machte Hans dem Spiel ein schnelles Ende, indem er mit einem kurzen Punch auf das Brustbein Grundmanns Atmung einstellte.

Für einige Sekunden verflog die erregte Röte aus dem Gesicht des Arztes und wich einer ungesunden Blässe. Die Augen traten leicht hervor, der Mund öffnete sich ungläubig... Vergessen war der Zorn auf Arnold. Grundmann rang nach Luft.

Fast liebevoll führte ihn Schmalenberg nun zu seinem Schreibtischsessel zurück und ließ ihn hineinplumpsen.

»Das habe ich nicht gewollt!« entschuldigte sich seltsamerweise Arnold, »aber ich weiß gar nicht, worum es hier eigentlich geht. Kann mir vielleicht jemand erklären, weshalb ein Schraubenschlüssel so wichtig sein soll?«

Grundmann, der sicherlich die passenden Worte dazu gefunden hätte, schien noch zu keiner Erklärung fähig. Das pure Luftholen war ihm wichtiger.

»Herr Arnold...«, begann Ulrike.

»Dr. Arnold, bitte!«

»Also gut, Herr Doktor!« fuhr sie fort. »Ihnen ist demnach nichts über diesen Kreuzschlüssel bekannt, mit dem in der vergangenen Woche ein gewisser Hartmann getötet wurde?«

»Um Gottes Willen! Es geht um Mord?! Das gibts doch gar nicht!« Arnold wirkte wie erschlagen von der ganzen Schlechtigkeit dieser Welt. »Sie wollen doch nicht sagen, daß mein Kollege etwas damit zu tun haben könnte! Ich verbürge mich für Herrn Grundmann! Wir arbeiten schon seit einigen Monaten zusammen, und ich habe ihn als einen selbstlosen, engagierten Arzt kennengelernt!«

Dabei nickte Doktor Arnold seinem Kollegen aufmunternd zu, der jedoch bleich in seinem Sessel saß und nicht widersprechen konnte.

»Ach Martin, ehe ich's vergesse: Könntest du bei Frau Viethen noch eine Braunüle legen. Ich finde bei ihr keine Vene!«

Grundmann wäre am liebsten explodiert.

»Bitte warten Sie einen Moment! Wir werden die Sache sicherlich gleich klären können!« Mit diesen Worten verließ Schmalenberg das Arztzimmer und stieß im Flur auf eine Gruppe Neugieriger, die von dem Lärm angelockt worden war.

»Was geht denn da drinnen vor?« wollte eine Krankenschwester wissen und zupfte ihn am Arm. »Angehörige fragen schon nach einem der Ärzte!«

»Na ja... das ist eine schwierige Geschichte«, druckste Hans herum und legte dabei geheimnisvoll den Zeigefinger zum Zeichen der Verschwiegenheit auf seinen Mund, »es geht dabei um viel, viel Geld... das Krankenhaus soll bald verkauft werden!«

Ratlose Gesichter ließ er zurück, als er den Flur entlangging, um zu der Sitzgruppe gegenüber den Aufzügen zu gelangen. Dort wartete bereits eine junge Frau auf ihn, die ihre Zigarette ausdrückte, als sie Schmalenberg kommen sah. Wortlos schritten beide zurück und betraten wieder das Arztzimmer.

»Diese junge Dame war so nett, uns bei der Klärung einiger Fragen behilflich zu sein«, stellte Schmalenberg sie den beiden Ärzten vor, »vielleicht haben Sie sich zuvor schon einmal gesehen?«

Grundmann schüttelte wortlos den Kopf.

»Ich wüßte nicht, wo das gewesen sein könnte!« antwortete Arnold und zuckte desinteressiert mit den Schultern.

»Doch, doch«, begann die junge Frau zaghaft und ängstlich, »ich kenne diesen Mann!« und zeigte dabei auf Arnold.

»Ich habe Sie nie zuvor gesehen, das müssen Sie sich einbilden!« kam prompt die Abfuhr. Arnold richtete sich auf und begann, sie abschätzend von oben herab zu mustern. »Wer sind Sie überhaupt?«

Unwillkürlich zog sie den Kopf ein. Sie fühlte sich klein und häßlich und bereute es schon, überhaupt mitgekommen zu sein.

Schmalenberg zog sie behutsam zu sich heran und legte schützend seinen Arm um sie.

»Sie heißt Helga Fischer«, antwortete Hans für sie, »sie ist die Freundin von Rudolf Hecker!«

Pause.

»Sagt Ihnen dieser Name auch nichts, Herr Doktor Arnold?«

Stille. Arnold wurde plötzlich puterrot. Seine Unterlippe begann rhythmisch zu zucken. Sterne tanzten vor seinen Augen, ihm wurde schwindelig. Um nicht zu stürzen, ergriff er einen Stuhl und ließ sich kraftlos fallen.

Ein Blick zwischen Bohlmann und Schmalenberg genügte, um sich gegenseitig zu bestätigen, daß sie ins Schwarze getroffen hatten. Dabei sollte durch Heckers Freundin eigentlich Grundmann überführt werden.

Arnolds aufgeblasene Art war mit einem Schlag zerplatzt. Alle Beteiligten spürten jedoch, daß er nach einer Lösung aus diesem Dilemma suchte.

Grundmann, der sich wieder gefangen hatte, durchbrach als erster das Schweigen. »Was für ein feiner Herr, mein Kollege! Gestärkter weißer Kittel, seriöses Auftreten! Immer einen Spruch über ärztliche Ethik auf den Lippen!«

»Laß mich in Ruhe, Grundmann!« fuhr Arnold dazwischen.

»Das könnte dir wohl so passen! Erst schaffst du hier Bremer aus dem Weg, um an seinen Job zu kommen, denn darum ging es dir doch wohl, und dann versuchst du auch noch, mir die Sache in die Schuhe zu schieben! Du bist nichts weiter als ein mieses kleines Schwein. Bremer war ein Arschloch, das will ich ja zugeben, aber ihn wegen eines lausigen Jobs umzubringen, will mir einfach nicht in den Kopf! Schau mich gefälligst an, wenn ich mit dir rede!« wurde Grundmann scharf.

Arnold aber schwieg und blickte starr geradeaus. Die Knöchel der zu Fäusten geballten Hände zeichneten sich an den Kitteltaschen ab.

»Warum haben Sie meinen Freund da reingezogen, Herr Arnold?« meldete sich Heckers Freundin. »Hätten Sie Rudolf nicht in Ruhe lassen können, er hat Ihnen doch nichts getan?«

»Er bezahlte Ihren Freund für das Zerstechen der Reifen!« antwortete Bohlmann statt Arnold, der ohnehin keine Anstalten machte, sich zu erklären.

»Was für ein folgenschwerer Fehler von Ihnen, Herr Arnold! Vielleicht wäre alles im Sande verlaufen, wenn Sie Ihr schmutziges Geschäft allein erledigt hätten. So aber war es zu spät, denn als Sie merkten, daß wir unsere Ermittlungen zum Tode Bremers nicht einstellten, bekamen Sie Angst, Hecker könnte alles verraten und Sie identifizieren. Der Junge wurde Ihnen zu gefährlich, nicht wahr, Herr Arnold?«

»Ich habe nichts zu sagen!« erwiderte Arnold kalt.

»Egal, das brauchen Sie auch nicht, Herr Doktor Arnold! Auf den Titel legen Sie doch so viel Wert, oder?« provozierte Ulrike weiter. »Denken Sie nur ja nicht, daß Ihnen Ihr Schweigen auf die Dauer sehr viel helfen wird. Trotzdem habe ich noch eine letzte Frage. Was haben Sie mit dem Blut gemacht, das Sie Rudolf Hecker abgenommen haben? Sie wußten ja, daß er AIDS-positiv war?!«

Arnold schwieg. Gleichzeitig taxierte er unauffällig den Abstand von seinem Platz zur Tür des Arztzimmers.

»Lassen Sie die Dummheiten!« warnte Schmalenberg. »Wir sind hier nicht im Kindergarten!«

27.

»Gehen wir heute abend essen?« brach Ulrike das lange Schweigen auf der Rückfahrt zum Präsidium.

»Warum nicht?« antwortete Hans müde. »Uns Helden ist schließlich ein Riesenstreich gelungen.«

»Na, du klingst ja wahnsinnig begeistert! Wir haben gerade drei Morde aufgeklärt, und du ziehst jetzt hier die Flappe! Was drückt denn mein Herzblättchen?«

»Ach, hör auf zu albern!« winkte Hans ab. »Wir haben uns nicht gerade mit Ruhm bekleckert! Stell dir bloß mal vor, wir hätten Heckers Freundin nicht mitgenommen und mit ihrer Hilfe nicht Arnold überführt!« Hans schüttelte seinen Kopf und fuhr sich durch die Haare. »Nicht zu fassen, das Theater! …ich will gar nicht daran denken, was passiert wäre, wenn wir Grundmann als Täter präsentiert hätten. Müller! Kannst du dir Müllers dämliches Grinsen vorstellen?!«

»Wir waren aber so clever und haben an Frau Fischer gedacht, mein Süßer! Außerdem braucht nicht jeder zu erfahren, daß wir mit unserem Verdacht ein bißchen danebenlagen«, beruhigte ihn Ulrike. »Ich muß leider zu meiner Schande gestehen, daß ich an dem Fehlgriff nicht ganz unbeteiligt war. Schließlich wollte ich dir mit Grundmann beweisen, daß man mit keinem der möglichen Täter Brüderschaft trinkt, und noch dazu während laufender Ermittlungen.« Dabei schaute sie ihn um Gnade bittend an und mimte das kleine Mädchen mit schlechtem Gewissen.

Wie konnte er ihr da überhaupt böse sein. Er begann zu grinsen. So unberechenbar und verquer sie auch manchmal sein mochte, er liebte ihre Ehrlichkeit und ganz sicher nicht nur das.

»…und wo sollen wir essen gehen?« keimte allmählich sein Interesse auf.

»Da gibts in der Friesenstraße einen phantastischen Japaner!«

»Einen was bitte? Willst du mich etwa vergiften?«

»Hast du überhaupt schon mal japanisch gegessen?«

»Nicht direkt!« antwortete Hans kleinlaut, »aber warum sollte ich, wo es doch überall diese praktischen Brauhäuser gibt!«

»Kann ich dich nicht einmal von deinem Bratwurstdenken abbringen? Du wirst es ganz sicher nicht bereuen! Ich lade dich ein!«

»Und was gibts da so zu essen?« fragte Hans mit kompromißbereiter Neugier.

»Die Spezialitäten sind *Sushi* und *Sashimi*«, erklärte sie in der Hoffnung, ihrem Kollegen mit der Aussicht auf so viele Köstlichkeiten den Mund wässrig zu machen.

»Oh«, begann Hans schwärmerisch zu verkünden, »Suschi klingt wie ein zarter Kuß! Saschimi... ist das nicht eine flüchtige Umarmung?« In weit weniger poetischem Unterton fügte er hinzu: »...und was ist das bitte?«

»Roher Fisch!«

»Ulrike!«

Während die beiden gerade an der Lufthansazentrale vorbei auf die Deutzer Brücke fuhren, begann die Wolkendecke aufzureißen und gab der Sonne Gelegenheit, die andere Rheinseite in gleißendes Licht zu tauchen.

Sybille Bremer war wie geblendet, als sie vor dem gewaltigen Dom stand und zu den Spitzen emporschaute. Vor den vorbeiziehenden weißen Wolken schienen sich die Türme zu bewegen. Sie atmete tief, hob die Schultern und schloß für einen Moment die Augen. Die vergangenen Tage waren furchtbar gewesen: Kondolenzbesuche, Danksagungen, Formalitäten auf Ämtern, Ärger mit dem Notar. Hinzu kam, daß alles in der Wohnung sie an Thomas erinnerte, den sie so oft in den letzten Monaten zur Hölle gewünscht hatte. Jetzt, wo er tot war, beschlich sie die Furcht, er könnte von woanders, vielleicht von dort oben ihre Gedanken erraten. Es war zum Verrücktwerden. Sie mußte raus aus der Wohnung, raus in die Stadt, sich etwas Schickes kaufen, ihr Ventil gegen Frust und Trübsal. Sie wandte sich der Hohestraße zu und mischte sich unter das geschäftige Treiben der Menschenmassen.

Irgendwie wurde sie aber das Gefühl nicht los, beobachtet

zu werden. Sie musterte alle Gesichter ihrer Umgebung, konnte aber niemanden entdecken, der ihr besondere Beachtung geschenkt hätte. Vorbeifließende Gestalten und Leute, die vor den Auslagen der beliebten Einkaufsstraße stehenblieben. Frau Bremer reihte sich wieder in den Strom der Fußgänger und steuerte zielstrebig ein exklusives Schuhgeschäft an. Ein neues Paar, das wars, was die Stimmung heben konnte. Gerade Schuhe brauchte sie, zumal sich Thomas immer über ihren Tick lustig gemacht hatte. »Frau Marcos« hatte er sie genannt.

Als sie wenig später mit knallroten Pumps in der Tasche auf die Hohestraße zurückkehrte, wurde sie wieder den Eindruck nicht los, verfolgt zu werden. Will mich denn Thomas niemals in Ruhe lassen, dachte sie und rügte sich wegen ihrer unsinnigen Gedanken.

»Ich bin überreizt«, murmelte sie und wandte sich dem großen Schaufenster eines Reisebüros zu.

Ihre Augen bewunderten die bunten Bilder Mexikos und Südamerikas. Nach Rio wollte sie schon immer einmal, warum nicht im kommenden Herbst, wenn die grauen Tage beginnen würden?

Schon wieder spürte sie diese Spannung im Rücken. Diesmal drehte sie sich blitzschnell um, aber wieder nichts! Lediglich ein unscheinbarer, kleiner Mann im grauen Anzug mit einer altmodischen Aktentasche, aus der eine Thermosflasche lugte, schien sich auch für eine Fernreise zu interessieren.

Wie ein alternder Konfirmand, dachte Sybille Bremer und mußte schmunzeln. Sie betrat das Reisebüro, um sich einige Prospekte zu holen, und verließ es mit einem unbestimmten Gefühl der Befriedigung.

Die Einkaufsstraße war für das rege Treiben der Menschen, die unbedingt ihr Geld loswerden wollten, viel zu schmal.

»...lassen Sie sich diese einmalige Gelegenheit nicht entgehen, meine Damen! Mit dieser Maschine können Sie im Handumdrehen, in Nullkommanichts und Schwuppdiwupp alles zerhacken, was Ihnen in die Finger kommt: Tomaten, Zwiebeln, Äpfel, Karotten und und und. Dieses phantastische Gerät hat keinen Respekt. Kein Obst und Gemüse kann ihm standhalten, und mag es noch so hart sein!«

Hinter dem kleinen Tisch vor einem Hauseingang warb ein aalglatter Mittdreißiger lautstark für seine Weltneuheit. Frau Bremer hatte zwar kein Interesse an dieser »Revolution in deutschen Küchen«, liebte aber solche Marktschreier und ließ sich in seinen Bann schlagen. Amüsiert blieb sie stehen.

Die Mischung aus Witz, Seriosität und Suggestivkraft verfehlte nicht ihre Wirkung. Etliche Hausfrauenhände reckten sich dem Verkäufer entgegen, um möglichst noch eines der letzten, überaus nützlichen Produkte zu ergattern. Sybille Bremer lächelte über so viel Gutgläubigkeit, als sie plötzlich einen stechenden Schmerz in ihrer rechten Pobacke verspürte. Unwillkürlich faßte sie dorthin. Was war das? Eine Wespe!? Aber wieso klebte Blut an ihrer Hand?

Sie schaute sich suchend in der Menschentraube um, aber jeder schien nur Augen für die geschickten Handbewegungen des Verkäufers zu haben. Sybille Bremer erkannte nur den kleinen Mann im grauen Anzug, der allmählich im Gewühl der Menschen verschwand.

Was sie jedoch nicht sehen konnte, war die blutverschmierte Spritze, die er in seine altmodische Aktentasche gleiten ließ.

Mordsgeschichten von Hartwig Liedtke

Traumurlaub
in:
Good bye, Brunhilde
Warum Männer morden
ISBN 3-89425-023-2 DM 15,80

Tod am Nil
in:
Der Mörder bricht den Wanderstab
Urlaubs-Krimis
ISBN 3-895425-085-2 DM 14,80

Klar zur Wende
in:
Der Mörder kommt auf Krankenschein
Wartezimmer-Krimis
ISBN 3-89425-086-0

Hartwig Liedtke

Tod auf Rezept

211 Seiten, DM 14,80
ISBN 3-89425-032-1
Nominiert zum »Glauser« 1993

Der fußballgroße Tumor, den das Chirurgenteam aus der Bauchhöhle des Patienten schneidet, ist eine zuckende Masse aus Blut und Plasma. Bei einem Kollegen, der in die Dienste des Pharma-Konzerns TAMEGI eintrat, hat Dr. Martin Grundmann schon einmal Ähnliches gesehen. Schade, daß der neugierige Arzt Opfer typischer Großstadtkriminalität wird. Einbrecher und Verkehrsrowdies haben es auf ihn abgesehen.

»Liedtke kennt das Milieu: Was er erzählt, klingt zwar haarsträubend, aber wahr.« (Sächsische Zeitung)

»Autor Hartwig Liedtke verschreibt den 'Tod auf Rezept'. Als Arzt kennt er sich bei den 'Göttern in Weiß' aus und läßt erstmal einen 3000-Liter-Bottich mit stinkender Brühe explodieren.« (BILD)

grafit

Theo Pointner

Scheinheilige Samariter

Kriminalroman
214 Seiten, DM 14,80
ISBN 3-89425-043-0

»Ein hinreißend spannender Krankenhaus-Krimi, in dem der Täter am Ende durch einen Computer-Bastler enttarnt wird, der sich per Datenleitung in den Heim-Computer eines Arztes einschaltet und dort die Beweise für Mord und Drogenhandel findet … Ein toller Krimi mit Herz und Schmerz, immer hart an der Kitsch-Grenze, aber gerade Grenzgänge sind es ja, die oft künstlerische Qualität ausmachen.« (WDR)

»Uli Zanders Welt gerät aus den Fugen: Warum erscheint seine Freundin und Kollegin nicht zum Dienst im Krankenhaus? Wer versucht, in ihre Wohnung einzubrechen? Die Ereignisse überstürzen sich. Schließlich wird der Sozialarbeiter nicht nur des Mordes verdächtigt, sondern muß auch noch um sein eigenes Leben fürchten.« (Bernburger Zeitung)

Leo P. Ard/Reinhard Junge

Meine Niere, deine Niere

Kriminalroman
258 Seiten, kt., DM 16,80
ISBN 3-89425-028-3

Reifen kreischen, zwei Wagentüren fliegen auf - und schon befindet sich der Asylbewerber Hamid Ghaeni in der Gewalt brutaler Entführer...Fünf Tage später erwacht der Kurde auf einer Parkbank. Seine Story klingt so unglaublich, daß sich kein Journalist damit ruinieren will - bis auf Klaus-Ulrich Mager von PEGASUS. Wo das furchtloseste Filmteam des östlichen Ruhrpotts ist, kann natürlich auch "Ekel" Roggenkemper, nunmehr Bürgermeister irgendwo in Brandenburg, nicht weit sein.
Zur selben Zeit quält sich Hauptkommissar Lohkamp aus Recklinghausen mit einem mysteriösen Mordfall. Die Spuren reichen ins Emsland und nach Mecklenburg und wieder ins Ruhrgebiet zurück...

»Ein starkes Stück Deutschland, im bewährt ironischen Stil in fast epischer Breite«
(Stadtblatt, Münster)

»Doch nicht nur flapsige Sprüche machen den Wert der 'Niere' aus. Ard und Junge beherrschen auch die Kunst, durch Verflechtung von ganz unterschiedlichen Handlungssträngen Spannung zu erzeugen.«
(WDR)

»Spannend von der ersten bis zur letzten Seite«
(Stadtspiegel, Wattenscheid)

Krimis von Leenders/Bay/Leenders

Königsschießen

ISBN 3-89425-029-1 DM 14,80

»Das feucht-fröhliche Schützenfest in einem Dorf am Niederrhein endet jäh mit dem Mord am allseits beliebten Bäcker.« (Wiesbadener Kurier)

»... ein Krimi über das Leben und Sterben am Niederrhein ... ganz im Stil klassischer englischer Kriminalromane aufgebaut, obwohl es selbstverständlich ein echter Niederrhein-Krimi ist.« (NRZ)

Belsazars Ende

ISBN 3-89425-037-2 DM 14,80

Das tote Genie liebte schöne Lolitas, die Honoratioren der Stadt lieben große Feste, und Astrid Steendijk liebt es spontan und intensiv.

»Die drei Autoren haben einen spannenden und heute fast schon selten guten Kriminalroman abgeliefert... Das Lesen wird zum spannenden Vergnügen, und so soll es bei einem guten Krimi ja sein. Ein sehr empfehlenswerter Kriminalroman ...« (Der evangelische Buchberater)

Jenseits von Uedem

ISBN 3-89425-045-3 DM 14,80

Auf der Herrensitzung im Karneval bricht Privatdetektiv te Laak tot zusammen. Alles deutet auf einen Giftmord hin. Aber welche Rolle spielen die beiden abgeschlachteten Zuchthengste? Warum interessierte sich te Laak für den dubiosen Apotheker Braun? Und wohin ist das Vermögen der toten Sopranistin Larissa Heidingsfeld verschwunden? Die Spuren führen Toppe und das Klever K 1 bis hinter Uedem, was nicht nur für Ackermann »feindliches Ausland« ist.

Krimis von Werner Schmitz

Krimis von Gabriella Wollenhaupt

Grappas Versuchung
ISBN 3-89425-034-8 DM 14,80
»Ein spannender Stoff, eine köstlich ironische Auseinandersetzung mit der Region. Und wenn es der Autorin gelingt, die Figur der Maria Grappa mit all ihren Brüchen, Schrullen und Vorurteilen als Rolle zu verdichten, dann hat sie eine Kunstfigur geschaffen, mit der sie in weitere Abenteuer kriminalistischer und amouröser Art ziehen kann. Man darf auf den nächsten Roman gespannt sein.« (WDR)

Grappas Treibjagd
ISBN 3-89425-038-0 DM 14,80
Laura Gutweil, Psychologin und Therapeutin von sexuell mißbrauchten Mädchen, wird während einer Party ermordet. Reporterin Maria Grappa macht Jagd auf einen geheimnisvollen »Onkel Herbert«, der seit Jahren in Bierstadt sein Unwesen treibt. In Lauras letzter Akte geht es um ein 10jähriges Mädchen, das Opfer von »Onkel Herbert« geworden ist.

Grappa macht Theater
ISBN 3-89425-042-9 DM 14,80
Nach der Premiere von Kleists »Zerbrochnem Krug« wird der Theaterkritiker Nello von Prätorius entführt und ermordet. Bei ihren Recherchen stößt Maria Grappa auf einen Geheimbund, der die Kulturszene in Bierstadt beherrscht. Ein Möchtegern-Intendant, der lokale Betroffenheitsschriftsteller, der zynische Kulturdezernent und die schöne junge Schauspielerin, die dem Mordopfer die letzten Wochen versüßt haben soll, - sie alle sind verdächtig.

Grappa dreht durch
ISBN 3-89425-046-1 DM 14,80
Sprang Fernsehjournalist John Masul freiwillig vom Dach des City-Center oder half jemand nach? Maria Grappa erhält den Job des Toten beim Sender TELEBOSS. Dort fangen Volontärin Betty und Sekretärin Rosi das schlechte Betriebsklima durch intensiven körperlichen Einsatz - auch nach Feierabend - auf. Bald bemerkt Grappa, daß in dem Sender nicht nur Filme über Schützenfeste und Krötenwanderungen gedreht werden ...

Krimis von Jürgen Kehrer

Kein Fall für Wilsberg
ISBN 3-89425-039-9 DM 14,80
Dieser Krimi handelt von dubiosen Waffengeschäften, von einer Familie, in der jeder jeden haßt, und vom Doppelleben eines Firmenchefs. Und mittendrin Georg Wilsberg.

Killer nach Leipzig
ISBN 3-89425-033-X DM 14,80
»... und Leipzig war für kurze Zeit nicht Klein-Paris, sondern ein kleines Los Angeles. Lobenswert, daß das mal jemand aufgeschrieben hat ... Kehrer hat ... alles gut beobachtet, er hat die Handlung geschickt eingefädelt und hält die Spannung bis zum bitteren Schluß ...« (Sächsische Zeitung)

Gottesgemüse
ISBN 3-89425-026-7 DM 14,80
Georg Wilsberg muß sich auf den Psychoterror einer fanatischen Sekte einlassen.
»So locker-flockig, wie die Wilsberg-Krimis daherkommen, eignen sie sich gut als Krimi-Happen zwischendurch.« (Südwest Presse)

In alter Freundschaft
ISBN 3-89425-020-8 DM 14,80
Eine nach Holland ausgerissene minderjährige Bürgerstochter, eine verschwundene Ex-Freundin und ein bestohlener Disko-Chef: Bei keinem der drei Aufträge, die Georg Wilsberg nahezu gleichzeitig erhält, kann er brillieren.

Und die Toten läßt man ruhen
ISBN 3-89425-006-2 DM 14,80
»... eine Story vom Feinsten ...: garantiert unmoralisch und zynisch, antibürgerlich und unsozial, aber nicht dumpf-gewalttätig, dafür jedoch dramaturgisch perfekt bis aufs i-Tüpfelchen.« (Leo's Magazin)

grafit